L'okupa de cervells

Miquel Pujadó

BARCANOVA
EDITORIAL

AQUEST LLIBRE HA ESTAT PUBLICAT
L'ANY DEL CENTENARI
DE L'INSTITUT D'ESTUDIS CATALANS

IECentanys 1907 2007

Equip editorial:
Coordinació d'aquesta edició: Montserrat Casassas
Projectes: Sara Moyano
Disseny de la col·lecció: Editorial Barcanova

Fotografia de la coberta: Corbis/Cover

Mallorca, 45, 4ª planta
08029 Barcelona
Telèfon 932 172 054. Fax 932 373 469
e-mail: barcanova@barcanova.cat
www. barcanova.cat

Primera edició: octubre de 2007
ISBN: 978-84-489-2104-0
Dipòsit legal: B-45.800-2007

Printed in Spain
Imprès a Romanyà Valls, SA
Plaça Verdaguer, 1
08786 Capellades

ÍNDEX

1

Un espectacle inesperat

El senyor Eladi Roig, professor de matemàtiques a l'institut Gabriel Ferrater, tenia menys sentit de l'humor que un logaritme. Mai no somreia, vestia sempre de color fosc i era tan probable que sortís de casa sense corbata com que un dia es presentés a l'aula amb els calçotets abaixats ran de genolls. Es tractava d'un d'aquells professors amb els quals el millor és no fer brometa a classe i no buscar-se problemes. L'ideal, quan ell presidia la tarima, era passar desapercebut, intentar no fer cap soroll, i gairebé ni respirar. Quan et mirava, amb aquells ulls glacials i penetrants, senties de vegades un calfred, de vegades un nus als budells. Però sempre senties alguna cosa. I sentissis el que sentissis, mai no era una sensació agradable.

Quan et feia sortir a la pissarra, llavors comprenies què els devia passar pel cap als condemnats a mort quan anaven camí de la guillotina o d'algun altre d'aquells invents que els homes s'han empescat per eliminar-se mútuament. Era un home implacable, mai no es deixava commoure per res ni per ningú. Per als altres professors, un 4,5 en un control podia arribar a convertir-se en un 5 sense gaires dificultats, només calia una mica de bona voluntat. Per a ell, un 4,9 era *sempre* un 4,9, una taca vermella al teu expedient, i ja podies posar-t'hi fulles. Tot intent de resistència o de súplica estava condemnat, d'entrada, al fracàs més absolut. En resum: el senyor Eladi era un os, i un os molt dur de rosegar.

Si teniu en compte aquests precedents, us serà fàcil d'entendre per quin motiu el dimarts 25 d'octubre d'enguany fou un dia que va quedar gravat per a sempre en moltes memòries...

El senyor Eladi s'havia tancat a la sala de professors a les onze del matí, després de la segona classe, amb el seu habitual posat de prunes agres. Cinc minuts després, obria la porta i tornava a sortir-ne. Era el senyor Eladi, però al mateix temps semblava impossible que ho fos. D'entrada, duia la camisa sense cordar i la corbata lligada al voltant del cap. I exhibia un insòlit somriure d'orella a orella. Davant de la sorpresa dels alumnes i dels professors que va trobar pel seu camí, avançà pel passadís tot fent saltets amb els peus junts i cantant a crits —desafinant de mala manera— una cançó que feia:

—Ai, nena, que et tocaré el cul!
—Calla, dimoni! Calla, dimoni!
—Ai, nena, que et tocaré el cul!
—Calla, dimoni, que jo no vull!

En trobar-se de cara amb el senyor Puig, el director del centre —un home baix, calb i grassonet— se li va aturar al davant, li va fer un petó sonor a la calba i li va pinçar afectuosament les galtes amb l'índex i el polze de cada mà (allò que fa tant de mal) abans de continuar saltant passadís enllà tot acomiadant-se amb un «Adéu, tap de bassa, panxa de carbassa!», que va deixar el director més perplex que adolorit.

En passar per davant de secretaria, es va aturar, va creuar la porta, es va acostar al taulell i va adreçar-se a la senyoreta Amèlia, una dona d'edat indefinida, de pell groguenca com la paperassa i amb nas de bruixa, que el respectava d'allò més pel seu posat sempre digne i seriós, i que no va saber reaccionar davant del seu increïble nou aspecte:

—Senyoreta Amèlia, que tindria la bondat de girar-se un moment, sisplau?

—É... És clar que sí, senyor Eladi, però no veig què...

Abans d'acabar la frase, la senyoreta Amèlia va sentir la primera —i probablement l'última— pessigada al cul de la seva vida. Vermella com un pebrot, sols va ser a temps de veure com el senyor Eladi s'allunyava cap a la porta del carrer, saltant com un cangur i rient com un guillat.

Ja a fora, el senyor Eladi va continuar comportant-se d'una manera excèntrica. Va fer uns quants metres caminant amb les mans, tot fent la vertical —i se'n va sortir prou bé, tot s'ha de dir. Després, es va aturar en un fotomaton on es va fotografiar fent quatre ganyotes estudiadament repulsives. Més tard, va cridar unes quantes obscenitats recargolades a un policia municipal que es va creuar pel seu camí i va arrencar a córrer tot seguit. Quan va haver-lo despistat, va comprar un esprai de pintura vermella en una botiga propera, va entrar en un bar, va demanar una cervesa —el senyor Eladi, tothom ho sabia, era abstemi com un integrista musulmà— i es va tancar una estona al lavabo amb l'esprai.

Un quart d'hora més tard, tornava a l'institut, cantant i saltant, entre la hilaritat dels alumnes, la mirada al·lucinada dels col·legues i la indignació de la senyoreta Amèlia, que es va protegir instintivament el cul amb les dues mans així que el va veure. Clavà amb una xinxeta el producte del fotomaton en un racó ben visible del tauler d'anuncis i l'observà detingudament, amb la satisfacció de la feina ben feta. En arribar a la sala de professors, comprovà que no hi havia ningú, tancà la porta, s'assegué en una cadira, s'endreçà la roba i tancà els ulls, somrient.

Uns segons després, quan va tornar a obrir els ulls, ja no somreia. Tornava a fer cara de prunes agres i tenia una mica de mal de cap.

—Em sembla que m'he quedat adormit. És ben curiós...

Es va prendre una aspirina (en tenia els calaixos plens, de potingues de tota mena), recollí les seves coses i sortí amb la intenció de ser a casa abans d'una hora: el dilluns era un dia *light*, no tenia cap altra classe fins a la tarda i en aquell moment no li sabia gens de greu. Les mirades que li clavaven al seu pas eren d'allò més sorprenents, però no en va fer gaire cas.

—Potser m'he tacat l'americana —pensà, mentre instintivament comprovava que no portava la corbata de gairell.

Sí que s'estranyà una mica quan el senyor Puig féu un crit de pànic i arrencà a córrer espantat —disposat a protegir la calba i les seves sofertes galtes— en topar-se'l en un revolt del passadís, i més encara quan la senyoreta Amèlia li va etzibar, rabiosa, en passar per davant de secretaria:

—Poca-solta! No me l'hauria creguda mai, una cosa així, de vostè!

El senyor Eladi anava a replicar no sabia ben bé què, però l'Amèlia ja li havia tancat la porta als morros.

Pel carrer, les coses no anaren pas millor. Sentia paraules dites en veu baixa que, n'estava segur, es referien a ell:

—Mira, el ximple d'abans!

—Ja es deu haver cansat de veure el món de cap per avall!

El súmmum de la incredulitat li arribà quan un policia se li atansà amb quatre gambades, li digué el nom del porc, li posà una multa als dits i l'amenaçà d'emportar-se'l a comissaria si persistia en la seva actitud, impròpia —digué— d'un home adult, culte i assenyat.

Sense entendre res, amb una suor freda que li regalimava per tot el cos, el pobre senyor Eladi arribà per fi a casa seva, i pensà que el millor que podia fer per tal d'aclarir-se les idees era prendre una bona dutxa. Es despullà i anà al seu dormitori per agafar una tovallola eixuta. La seva dona, asseguda damunt del llit, s'estava retallant les ungles dels peus, amb una dedicació concentrada.

—Hola, Eladiet.

—Mmmm... Hola, Remei.

La Remei devia de trobar alguna cosa estranya en el to de veu de l'Eladi, perquè alçà la vista i l'observà llargament quan l'home, ja d'esquena, s'allunyava cap a la cambra de bany. De sobte es va oblidar totalment de les ungles i de les tisores, i totes les seves neurones van començar a treballar acceleradament amb un únic fi: intentar entendre per què el seu marit, un home generalment seriós, fins i tot tirant a avorrit, duia el cul espectacularment pintat de color vermell.

2

RETORN A L'INICI

Bé, ara que us n'he fet cinc cèntims, de tot plegat, suposo que estareu d'acord amb mi: el que va succeir aquell 25 d'octubre a l'institut no fou gens, però gens normal. Que potser s'havia tornat boig, el senyor Eladi? ¿Un atac de follia transitòria, així, vist i no vist? No, no és gens probable... En aquests casos tothom recorda alguna cosa de les seves accions. Prou almenys per tornar-se vermell, endurse les mans al cap i dir-se «Déu meu, què he fet!». El senyor Eladi, en canvi, no recordava absolutament res del que havia passat entre el moment que havia aclucat els ulls a la sala de professors i el moment que els havia tornat a obrir, assegut a la mateixa taula, exactament en la mateixa posició. Entre una acció i l'altra s'havien escolat amb prou feines cinc segons, segons la seva percepció. Però la cruel realitat representada per un munt de testimonis, entre burletes i empipats, li demostrava que el lapse havia estat molt més llarg, ben bé de mitja hora, i que l'havia dedicat a fer unes animalades absolutament inimaginables; animalades que havien culminat amb l'acció de pintarse el cul de vermell amb un esprai, tancat al lavabo del bar de la cantonada.

Això darrer ho sabia del cert, perquè l'amo de l'establiment li havia reclamat l'endemà l'import d'una cervesa que s'havia begut i no havia pagat (però si ell només bevia aigua mineral sense gas!!!) i li havia recriminat molt durament, tot sigui dit de passada, l'existència d'uns grafits de molt mal gust fets amb color vermell a les parets del lavabo, uns grafits que *no hi eren* dos minuts abans que ell s'hi tanqués.

El senyor Eladi volia fondre's, se sentia víctima d'un complot incomprensible. ¿Ell, fent-li un petó a la calba al director? ¿Ell, pessigant el cul —francament poc atractiu— de la senyoreta Amèlia? ¿Ell, fent-se retratar amb aquelles ganyotes terrorífiques que tot l'institut havia vist i valorat adequadament? Ell, insultant l'autoritat? Ell...?

La situació es va resoldre amb una llarga temporada de baixa per esgotament nerviós, molt celebrada per la major part de l'alumnat, tret d'un parell de rosegallibres repel·lents i irrecuperables. Ja se sap, l'estrès és una de les amenaces a les quals el personal docent és més vulnerable, i que si tomba, i que si gira. I tots contents, si fa no fa.

Tots contents? No n'estic gaire convençut. M'ensumo que vosaltres no us ho creieu, que el comportament del senyor Eladi fos degut al típic i tòpic estrès. I teniu tota la raó: la causa en fou tota una altra, una causa increïble, fantàstica, però alhora real i palpable.

La causa es deia Òscar Corbera, tenia tretze anys i estudiava segon d'ESO a l'institut Gabriel Ferrater. Però per mirar d'entendre alguna cosa de tot aquest embolic, haurem de recular una mica en el temps. Oh, no pas gaire, no us amoïneu, amb uns pocs dies n'hi haurà prou... Va, ja està fet. Veieu que ha anat ràpid? Avui som divendres 21 d'octubre, a les nou del matí. Comencen les classes. I comença també la nostra història.

L'Òscar Corbera no és un noi especialment destacable. Ni molt alt ni massa baix. Ni gras ni escanyolit. Ni antipàtic ni excessivament popular. Força espavilat, això sí. I potser una mica tímid, i això el fa patir quan es tracta de relacionar-se amb les noies, sobretot amb la Cristina Carbonell, una noia un xic més gran que ell —fa quart d'ESO— que li agrada moltíssim: només intentar dir-li alguna cosa, la veu li tremola, els llibres —o qualsevol objecte que dugui a les mans— li cauen per terra i té la sensació de quedar com un perfecte estúpid. Pel que fa als estudis, va fent, no se'ls tira a l'esquena com tants d'altres. Fins i tot li agraden —tot i que no es pot dir que es mati treballant—, però no és cap llumenera: no va sobrat d'excel·lents i ni tan sols de notables. És d'aquells alumnes que amb un suficient ja respiren alleujats. Sobretot a determinades classes, com la de Matemàtiques, amb el papu del senyor Eladi.

I aquell matí de divendres, a les nou en punt, la primera classe era precisament la de Matemàtiques.

L'Òscar va seure al seu lloc, tot desitjant ferventment que aquella hora acabés ben de pressa i que, sobretot, al senyor Eladi no li passés pel cap fer-lo sortir a la pissarra. Per què? No costa gaire endevinar-ho: no havia fet els exercicis que tocava corregir. El dia abans al vespre s'havia entretingut més del compte amb un joc nou per a l'ordinador que li havien regalat pel seu aniversari, no feia ni una setmana. Ja se sap què passa. Et dius a tu mateix: jugaré una estoneta només, posem deu minuts, i després em posaré a fer els deures. I, és clar, t'engresques, t'engresques, el temps corre i quan te n'adones la mare et crida per sopar i després veus una mica la tele i en acabat tens massa son per posar-te a treballar i te'n vas al llit amb un complex de culpabilitat terrible; però què hi vols fer, demà serà un altre dia, encara falten moltes hores... Però l'endemà arriba, inexorable, i donaries qualsevol cosa perquè un llamp hagués calat foc a l'institut, o s'hagués produït un terratrèmol que no n'hagués deixat pedra sobre pedra. Tanmateix, quan hi arribes, l'institut està perfectament sencer i la seva porta oberta t'espera com una boca plena de dents a punt de cruspir-se't... I a l'aula et vols fer invisible, o petit, petit com una formiga. (*Que no em vegi, sisplau, que no pensi en mi, que no em cridi, que no...*)

—Òscar Corbera, ¿voldries fer el favor de sortir a la pissarra?

L'Òscar va obeir, arrossegant els peus. Va mirar-se una estona l'equació que el professor havia escrit, amb el mateix posat atònit que si intentés desxifrar una inscripció en hebreu o en xinès mandarí.

—I doncs, Òscar? És per avui o per demà?

Amb els ulls coents, l'Òscar va haver de reconèixer la seva impotència, va haver de suportar la inevitable bronca del senyor Eladi, i va ser enviat de retorn al seu pupitre amb una bona dosi d'humiliació i un zero contundent, entre les mirades de solidaritat i comprensió de quasi tots els seus companys. De *quasi* tots, perquè el cregut d'en Pau Piferrer va contemplar la seva desfeta amb l'habitual somriure burleta de suficiència i menyspreu que el caracteritzava. En Piferrer era el millor en Mates, ho sabia i li agradava demostrar-ho. El senyor Eladi sempre el posava com a model. Segur que ara el faria sortir a resoldre l'equació per acabar d'arrossegar l'Òscar pel fang.

—Vejam si en Pau resol aquesta equació, cosa d'altra banda gens difícil si s'ha tingut la responsabilitat de preparar prèviament els deures, com és la vostra obligació —va dir el senyor Eladi, fitant no pas en Pau sinó l'Òscar amb una de les seves mirades més estudiadament cruels.

Mentre en Pau Piferrer sortia cap a la pissarra amb la seguretat dels triomfadors, l'Òscar va tancar els ulls i va prémer molt fort les parpelles. En Pau va ocupar tot el seu pensament. No existia res fora d'aquell miserable cregut i de l'odi que sentia per ell. Sí, potser després li sabria greu, però en aquell moment l'odiava de debò, com mai no havia cregut que fos possible odiar ningú.

Llavors obrí els ulls i es quedà de pedra.

El que estava veient no era la tarima, el senyor Eladi i en Pau Piferrer a uns cinc metres de distància, com els hauria d'haver vist, assegut al seu pupitre.

El que estava veient era la pissarra, amb la maleïda equació escrita a menys de deu centímetres del seu nas.

Es va girar de cop. I va creure que s'havia tornat boig.

Tornava a ser dret, a la tarima. El senyor Eladi era a la seva dreta, esperant la resolució del problema. I allà, a uns cinc metres al seu davant, assegut al tercer pupitre de la filera del mig, amb els ulls tancats, immòbil, com si dormís, hi havia l'Òscar Corbera.

S'estava veient a ell mateix!

Mirà el seu cos, espantat com mai: la roba que duia, les mans, les sabates... Es palpà el nas, les orelles, el cabell...

No hi havia dubte. Ell *era* en Pau Piferrer.

3

Un poder extraordinari

—I doncs, Pau? —el professor començava a impacientar-se.

L'Òscar se'l va mirar amb els ulls —d'en Pau— molt oberts i la boca —d'en Pau— tremolosa, sense saber què dir ni què fer. El senyor Eladi va interpretar la seva angoixa com un senyal d'ignorància.

—No m'ho hauria imaginat mai de tu, Pau. Em sap greu, però...

L'Òscar tancà els ulls molt fort: allò no podia estar succeint. Pensà en el seu cos inert, allà al davant, desitjà intensament tornar-hi, que aquell malson s'acabés.

—... em veig obligat a posar-te el primer zero de la teva vida.

L'Òscar obrí els ulls i veié la cara de sorpresa d'en Pau davant de l'afirmació del senyor Eladi. La veié: és a dir que ja no era dins del seu cos. Havia aconseguit tornar!

—Pots anar-te'n al teu lloc.

En Pau Piferrer, amb les galtes vermelles, no gosà replicar i baixà humiliat de la tarima. No entenia res: havia sortit a la pissarra, havia agafat el guix, disposat a resoldre l'equació, i el senyor Eladi, sense deixar-li ni un segon per escriure, l'havia fet tornar a seure. Era inconcebible! I per acabar-ho d'adobar li havia vingut de sobte un mal de cap brutal. Aquella era sens dubte la jornada més negra de la seva encara curta vida.

Mentrestant, les neurones de l'Òscar funcionaven a tota velocitat, mirant d'entendre què redimoni havia passat. Havia sentit a parlar de les possibilitats del cervell, és clar... Feia uns mesos, havia llegit un article, en una revista del pare, on l'autor afirmava que només utilitzem una part molt petita de la seva potencialitat i que, de tant en tant, apareixen individus que —no se sap ben bé per què— aprenen a posar en funcionament zones que altres persones mai no han fet ni faran servir, amb resultats extraordinaris. Quina mena de resultats?

L'Òscar va començar a barrejar mentalment textos llegits aquí i allà amb imatges de pel·lícules de ciència-ficció que havia vist per la tele: hi havia gent capaç de moure objectes sense tocar-los amb les mans, d'altres aconseguien alçar-se ells mateixos uns centímetres de terra, d'altres podien comunicar-se entre ells sense necessitat de parlar... Paraules com telecinesi, levitació, telepatia, que tan exòtiques i irreals li havien semblat sempre, li apareixien ara banyades en una llum ben diferent.

N'estava segur: algun mecanisme al seu cervell s'havia engegat, o bé ell l'havia posat en funcionament d'una manera inconscient... Tots tenim els músculs que ens permeten moure les orelles, però no sabem fer-los servir, oi? (Bé, en

Jordi Riera, de segon d'ESO, sí, però és l'excepció que confirma la regla.) Doncs això venia a ser una cosa semblant, però molt més grossa, molt més important, molt més sonada... L'Òscar podia ocupar a voluntat la ment i el cos d'una altra persona! Era fortíssim! Havia esdevingut una mena d'okupa de cervells, només que ell s'introduïa en llars habitades i en foragitava els propietaris.

Per cert, què se'n feia de la ment «desallotjada»? En Pau Piferrer no semblava haver-se adonat de res. Potser es tractava d'una suspensió temporal de la consciència: el *jo* quedava arraulit en un racó d'algun lòbul, tot fent una dormideta mentre esperava pacientment que el seu cervell tornés a estar disponible.

I amb el propi cos, què passava? L'Òscar havia observat que romania immòbil, com una carcassa buida, esperant el retorn del llogater. Semblava que no hi havia cap perill, però podia estar-ne segur? Tenia por, és clar, però alhora se sentia excitadíssim. Era la mateixa sensació que havia tingut aquell estiu en pujar al Dragon Khan per primera volta, però molt més intensa. Posseïa un poder que mai no havia somniat i tenia unes ganes boges de fer-lo servir.

Durant un moment, li van passar pel cap algunes consideracions ètiques: *És correcte, el que has fet? ¿Ficar-te a la ment d'un altre no equival a penetrar com un lladre en una casa que no et pertany? ¿Utilitzar un cos que no és el teu no és com un robatori o una mena de segrest?* Però se'n va desfer aviat, tot buscant altres justificacions força pràctiques: *Quan una persona té una habilitat especial, està moralment obligat a fer-la servir. Si no, la seva evolució personal es veuria compromesa, i el progrés de la Humanitat depèn de la capacitat evolutiva d'una minoria que marca el camí.* Sense saber-ho, havia utilitzat arguments de Nietzsche. Si hagués conegut el filòsof alemany i hagués sabut quin ús havia fet el nazisme d'algunes de les seves idees, potser l'Òscar s'ho hauria pensat una mica més abans de fer el que va fer...

Durant la resta del matí, l'Òscar va anar saltant de cervell en cervell, només uns quants segons cada vegada —li feia por deixar el seu cos desemparat massa estona: podia desequilibrar-se i caure a terra, algú li podia preguntar alguna cosa, o demanar-li algun objecte— i no es va poder estar de gastar algunes brometes de gust dubtós als seus companys...

Va fer que la mà d'en Jaume Freixes —sempre tan polit i endreçat— agafés un retolador i anés embrutant amb tot de gargots les pàgines del llibre de ciències. La cara d'en Jaume en adonar-se del que *havia fet* fou d'antologia.

Va fer que en Ramon Ros —que estava enamoradíssim de la Mireia Palà, però no gosava ni acostar-se-li— s'inclinés damunt la noia i li digués a cau d'orella unes marranades que la van fer tornar vermella abans no reaccionés i li clavés una bufetada de ca l'ample. L'Òscar va tornar al seu cos just a temps d'estalviar-se l'impacte, i en Ramon va quedar tan bocabadat com adolorit, i sense entendre res, mentre la Mireia el tractava de porc davant tota la classe quan el professor de francès li va preguntar què havia passat.

Va fer que l'educadíssim i tímid Roger Martínez es tirés un pet d'aquells tan estridents precisament quan sobre l'aula planava el silenci més absolut i tots els alumnes estaven escoltant el senyor director, que hi havia entrat un moment per tal de donar unes instruccions relatives a l'excursió del primer trimestre.

En resum: aquell matí de divendres va acabar d'una manera caòtica. L'Òscar es va divertir com mai no s'havia divertit. Cada vegada que observava la reacció d'incredulitat atònita d'alguna de les seves víctimes, li venien unes enormes ganes de riure que amb prou feines podia contenir. A la fi, va haver de renunciar a les seves malifetes. *Una més i em mullaré els calçotets* —va pensar.

Durant el cap de setmana, l'Òscar va perfeccionar les seves habilitats, tot augmentant progressivament el temps de «possessió». No va gosar *okupar* els cossos del pare i de la mare, ni tampoc el de la Carme, la seva germana gran (ja a l'escola una mena d'angúnia indefinida havia fet que evités entrar en cap cos de noia). Però va practicar amb diversos veïns i amb els dependents d'algunes botigues del barri, i va poder adonar-se tant de les possibilitats com de les limitacions del seu poder. Pel que fa a aquestes darreres, no li era possible saltar d'un cos aliè a un altre cos aliè. Calia fer les *okupacions* des del seu propi cos. I les dificultats per realitzar el salt augmentaven amb la distància, i també amb els obstacles que s'interposaven entre ell i el seu objectiu —sobretot si eren metàl·lics— i amb les interferències provocades per diverses ones i radiacions: li havia estat impossible *okupar* el cervell d'un individu mentre parlava pel mòbil; així que va penjar, en canvi, tot va anar com una seda.

Així doncs, l'Òscar va fer una mena de curset intensiu en el qual ell era alhora el professor i l'alumne, i va aprendre molt de pressa. I quan dissabte havent dinat —el pare i la mare havien sortit a visitar els avis— va arribar en Josep Clotes, el nòvio de la Carme, l'Òscar va veure que aquell era el moment de fer l'examen final.

No el podia veure, en Josep. Era cregut, tibat i —sobretot— sempre tractava l'Òscar com una molèstia. Pitjor encara: com si es tractés d'alguna mena de paràsit.

«*Les noies atractives no haurien de tenir germans petits* —solia dir al seu davant—. *Els fan perdre valor, com les esquerdes a un edifici.*» I la Carme li deia que sí i li reia les gràcies, la molt cretina.

L'Òscar els va dir que anava a banyar-se («*per nosaltres com si t'extirpes l'apèndix amb les dents!*», va ser la resposta) i els va deixar sols, cosa que es veia d'una hora lluny que desitjaven: per aquest mateix motiu, en altres circumstàncies s'hi hauria enganxat com una ventosa. Bé: l'excusa del bany li donava mitja hora de coll. Entrà al lavabo, passà el baldó, s'ajaçà còmodament a terra i es concentrà amb facilitat: ara ja hi tenia la mà trencada. Un moment després era dins el cos d'en Josep, assegut al sofà del menjador, arrapat a la Carme... i amb una mà dins del seu escot, agafant-li un pit! La va enretirar com si cremés, mentre ella se'l mirava amb cara de sorpresa

—I ara! Què et passa?

L'Òscar, un cop recuperat de la impressió, va mirar d'asserenar-se i va dir amb les cordes vocals d'en Josep:

—Que què em passa? Doncs la veritat... La veritat és que ja no m'agrades, Carme.

La Carme va obrir uns ulls com plats. La boca també la va obrir molt i molt, però no en va sortir cap so.

—Feia dies que t'ho volia dir. No vull ofendre't, però et trobo avorrida. Mortalment avorrida. I a més ets lletja. MOLT lletja. De petita, la teva mare devia haver de tancar els ulls abans de fer-te un petó! No sé com m'he arribat a fixar en tu. Devia haver begut, el dia que et vaig conèixer.

—Què estàs dient? —la Carme s'havia assegut tota rígida. No es podia creure el que li estava passant.

—El que sents, el que tenia ganes de dir-te des de feia molt de temps. A més, t'ho haig de confessar: ja fa un mes que m'entenc amb la Carolina.

—Amb la Carolina Garcia?

L'Òscar va assentir amb un moviment del cap d'en Josep.

—Amb la meva millor amiga? Com heu estat capaços?

—De fet, ha estat molt fàcil: és molt més bonica que tu i força més intel·ligent. T'asseguro que amb ella sí que no m'avorreixo. I pel que fa a això que és la teva millor amiga, jo no n'estaria tan segur. Quan estem plegats i parlem de tu, no es pot dir que et deixi gaire bé...

—Què... Què t'ha dit, de mi?

La Carme estava blanca com un full de paper i uns llagrimots enormes li començaven a regalimar per les galtes. L'Òscar era conscient que n'estava fent un gra massa, però d'altra banda s'estava divertint tant que no es veia capaç d'aturar-se. Era com un camió baixant sense frens per un pendent massa pronunciat.

—Doncs que ets infantil i malcriada. Que si no et depilessis tindries las cames més peludes que un goril·la. Que tens la intel·ligència d'un musclo i el comportament d'un hàmster. Que...

L'Òscar va veure que la cara de la seva germana es contreia en una ganyota de ràbia. La coneixia prou per saber que romandre ni que fos un segon més dins del cos d'en Josep era molt perillós. Tancà els ulls i va trobar-se immediatament ajagut damunt les rajoles de la cambra de bany. Tot seguit, va sentir el crit de dolor i d'incomprensió d'en Josep (la Carme tenia unes ungles molt llargues i sabia ferles servir), i va fer un somriure d'orella a orella, mentre la discussió —millor dit, la batalla èpica— arribava al menjador en proporcions de sèrie japonesa de dibuixos animats.

Una estona després, va sentir com en Josep sortia de casa, clavant un solemne cop de porta. Tot seguit, la Carme va agafar el telèfon, va trucar a la Carolina, i li va dir de tot amb veu d'histèrica i a tal velocitat que la seva interlocutora no devia poder obrir la boca. Després de penjar, es va tancar a la seva cambra. L'Òscar, entre culpabilitzat i satisfet, sentia com plorava, probablement estirada damunt del llit.

Se sentia sobradament preparat: les classes pràctiques havien estat d'allò més satisfactòries. I va fer plans per a la setmana entrant. Dilluns a les onze, a l'hora del pati, es tancaria al lavabo, per tal de deixar el seu cos en un lloc segur, i faria al senyor Eladi una *visita* que recordaria tota la vida.

4

UNA GALLEDA D'AIGUA FREDA

Bé, ara ja sabeu per què el senyor Eladi Roig, professor de Matemàtiques a l'Institut d'Ensenyament Secundari Gabriel Ferrater, va fer el que va fer, i per què va haver de demanar la baixa tot seguit.

Quan va constatar el seu triomf, l'Òscar va començar de debò a creure's el rei del mambo. No hi havia res fora del seu abast. Si ho desitjava, tot *saltant* de professor en professor, podia saber el contingut dels exàmens abans no els posessin, podia modificar les notes —les seves i les dels altres— tal com li vingués de gust. Podia fer això i més, fins i tot coses que només de pensar-les, uns dies abans, haurien fet que s'espantés, fins i tot que s'avergonyís d'ell mateix. Però ara estava com enfebrat, el poder li cremava per dins, i el portava per un camí molt fàcil de davallar però molt més difícil de remuntar.

Era dimecres, a l'hora de plegar. L'Òscar caminava cap a la sortida sense mirar al seu voltant, sense fer cas de ningú, recreant-se en els seus deliris de grandesa. Un cop al carrer, però, el que va veure va fer que sentís tot d'una que la corona d'or que ell mateix s'havia atorgat se li tornava de plom. De sobte, ja no va ser el rei del mambo, sinó l'últim mico, un autèntic desgraciat.

Al bell mig de la vorera, la Cristina Carbonell, la dolça Cristina Carbonell, la preciosa Cristina Carbonell, la perfecta Cristina Carbonell, la desitjada Cristina Carbonell, s'estava petonejant amb autèntic entusiasme amb un noi d'uns divuit o dinou anys, un ganàpia amb pinta de *skinhead*: cap rapat, caçadora militar ajustada plena d'insígnies nazis, botes frankensteinianes. Es quedà glaçat. Com era possible?

L'Òscar el coneixia prou bé, aquell paio: n'havia fetes de tots colors, al barri, i fins i tot havia estat detingut feia cosa d'un any pel robatori d'un cotxe. Es deia Joan Quer, però es feia dir Johnny (quin mal gust!). Tenia l'agressivitat tan hiperdesenvolupada com els músculs i, a manera de compensació, la mare Natura l'havia dotat d'un cervell que hauria cabut al crani d'un canari, i encara hi hauria sobrat lloc. Feia uns anys, havia passat pel Gabriel Ferrater, i no en va ser expulsat de miracle, perquè la seva actitud era una creu per als professors i per als companys de classe. De fet, havia anat saltant de curs en curs pels miracles de la reforma —tot aquell rotllo de l'atenció individualitzada—, però era allò que els entesos anomenaven un analfabet funcional. És a dir, podia arribar a escriure el seu nom i llegir, amb una certa dificultat, textos senzills. Que entengués el que llegia era ja tota una altra història. I que es posés un text davant dels ulls per voluntat pròpia, llevat d'algun diari esportiu i de pamflets racistes, era força difícil. La cultura li produïa urticària i tota mostra d'intel·ligència despertava en ell una desconfiança instintiva. Diguem-ho clar: aquell energumen era una mostra de regressió evolutiva. Com si l'home, després de venir del mico, trobés que el viatge no havia valgut la pena i decidís fer marxa enrere. I una noia com la Cristina, intel·ligent, sensible, bonica com no n'hi havia dues, s'abandonava entre sospirs als braços d'un autèntic pitecantrop. Allò no era just, no podia ser just!

Us sona el nom de Victor Hugo? Era un escriptor francès del segle XIX. Va escriure obres de teatre, poesia, novel·les... Potser us resultaran familiars títols com *Els miserables* o *Nostra Senyora de París*... L'Òscar no en sabia res, d'aquest autor (la cultura francesa ha desaparegut quasi del tot de les nostres escoles, en benefici d'un anglès bàsicament utilitari) i si algú li hagués esmentat Quasimodo, el geperut de Notre Dame, només l'hauria relacionat amb la pel·lícula de dibuixos animats que va produir la Disney fa uns quants anys, plena de gàrgoles cantaires, amb un capità Febus de bon cor (el de la novel·la era un malànima) i un falsificat final feliç que devia haver fet revoltar el pobre Victor Hugo a la seva tomba. Però estic segur que l'Òscar s'hauria sentit identificat amb el gran autor romàntic si algú li hagués traduït uns versos del seu poema *La légende de la nonne*, on una jove i atractiva monja s'enamora com una bleda d'un ferotge bandit. Uns versos que, traduïts, dirien, si fa no fa:

Era lleig, i amb trets austers.
Tenia la mà més aspra que no el guant.

Però l'amor té molts misteris
i la monja estimà el bandit.
De vegades es poden veure daines que substitueixen
els seus bells cérvols per porcs senglars [...]

Bé, tanquem aquest parèntesi literari abans no us penseu que vull utilitzar aquesta història com a coartada per fer-vos empassar unes quantes píndoles de cultura i m'acuseu de mestretites camuflat. Res més lluny de la meva intenció. Reprenem, doncs, la nostra història...

Havíem deixat l'Òscar garratibat, recordeu? Doncs bé, el retrobem encara garratibat: la impressió havia estat massa forta per a ell. S'havia estat dret com si s'hagués empassat un pal d'escombra, contemplant el llarg i apassionat bes de la Bella i la Bèstia, escoltant com intercanviaven paraules tendres (ella) i grunys (ell), veient com aquelles manasses bastes i insensibles gosaven acaronar un rostre, uns cabells, un cos que li estaven destinats —n'estava segur— des de molt abans del naixement del sistema solar, potser d'ençà del Big Bang originari. Era com veure un llimac arrossegant-se pels pètals d'una flor! L'Òscar sentia i patia el comportament de la Cristina com una traïció del Destí, com una autèntica tragèdia còsmica. Aquella ofensa a l'ordre de l'Univers havia de ser venjada d'alguna manera. I ell posseïa les eines necessàries per elaborar una resposta que es trobaria ben bé a l'alçada de la provocació soferta. Aquest pensament el tranquil·litzà de tal manera que quan la parella enamorada va acabar la seva sessió de mútua exploració compulsiva i va passar pel seu costat gairebé fregant-lo, va correspondre al somriure altiu de mascle dominant que li va dedicar en Johnny —si és que d'aquella ganyota se'n podia dir somriure— amb un altre somriure, un somriure que una persona mitjanament intel·ligent —però aquest no era precisament el cas— hauria considerat amenaçador o, pel cap baix, inquietant.

L'Òscar va dormir poc aquella nit. Amb el cap damunt del coixí, i els ulls oberts de bat a bat, tot fitant la foscor, va estar-se hores planificant fins al darrer detall la seva venjança.

5

COMENCEN LES COMPLICACIONS

Al dia següent, l'Òscar va seguir les classes amb tranquillitat i atenció. S'havia obligat a romandre serè, a no posar-se nerviós, mentre esperava la fi de la jornada, que era quan tenia previst actuar. Ja se sap que les agulles del rellotge són molt punyeteres: si se saben observades, avancen molt a poc a poc, a velocitat de tortuga. En canvi, si te n'oblides, es diverteixen fent curses i corrent com boges. Només de tant en tant gosava alçar el cap del llibre o dels apunts i mirar la Cristina de reüll. S'anava repetint amb insistència —i quan un es repeteix moltes vegades una mentida pot acabar creient-se-la de debò— que el que pensava fer no era en benefici propi, sinó per ajudar-la a ella. *La pobra està encegada. No sap el que es fa... Una noia com ella mereix alguna cosa millor que aquell cretí, que aquell fastigós...* No s'adonava —o no volia adonar-se— que si el nazisme es basava en la pèrdua de la llibertat de decidir de les masses —llibertat que quedava delegada en un líder salvador, messiànic— ell, tot *okupant* cervells, arrabassava també la llibertat de la gent, obligava els cossos a realitzar accions contràries a la voluntat dels seus legítims propietaris. El feixisme és molt perillós, precisament perquè té molta capacitat d'adaptació: no s'ha de buscar només rere la façana d'un uniforme, d'una tria estètica. De fet, si preguntéssim a molts joves d'aspecte *skin* sobre la ideologia feixista no sabrien dir-ne gran cosa, fora de tres o quatre tòpics mal apresos. La seva tria és una tria gregària. Mancats de prou intel·ligència i, sovint, de llaços afectius, volen sentir-se forts dintre d'un clan que doni sensació de poder i que, alhora, els protegeixi. Fent por als altres volen, sobretot, fer callar la seva pròpia por. Són, sovint, uns nens perduts. Uns nens amb cossos d'adult, que transformen les seves rebequeries en actes violents perquè no saben utilitzar la rebel·lia de manera constructiva. Uns nens que poden fer molt de mal, però uns nens en definitiva. Ara bé, el feixisme perillós de debò és el que no gosa dir el seu nom, el que dorm —però es pot arribar a despertar en qualsevol moment— a dins de tots nosaltres. Quan es manifesta per primer cop, ho fa sovint d'una manera velada, gairebé innocent: la incomoditat que alguns senten quan un gitano s'asseu al seu costat al metro o a l'autobús, la rialla que esclata després d'un acudit de negres, la voluntat de domini que es manifesta entre companys d'oficina o d'aula o —a l'inrevés— el desig de trobar algú que pensi per nosaltres, que ens tregui les castanyes del foc, que ens eviti haver de valorar, terriblement sols, cadascun dels nostres actes. El feixisme neix de la por a la llibertat, de la por a la soledat. Però el fet de saber-nos sols davant del món, responsables dels nostres actes i, per tant, lliures, angoixosament lliures, és el que ens fa humans. No és fàcil, assumir-se com a humans, i per això molts trien el camí fàcil. I els feixismes de tots els colors, de tots els aspectes, de tots els noms, s'alimenten d'aquesta tendència col·lectiva. L'Òscar no hi pensava, en tot això, o no hi volia pensar. Esperava.

I les cinc de la tarda van arribar. I va sonar el darrer timbre de la jornada.

Barrejat amb la massa humana que es precipitava cap al carrer fent tant xivarri com podia, l'Òscar va seguir discretament la Cristina. Tal com imaginava, en Johnny l'estava esperant a prop de la sortida de l'institut. Li va fer un petó als llavis, la va agafar per la cintura i van sortir plegats. No hi havia temps a perdre: va córrer cap als lavabos i es va tancar en un dels compartiments. Aquell vespre hi havia classes d'idiomes per a adults. Per tant, no hi havia el perill que es trobés les portes del carrer tancades i barrades si trigava a *recollir* el seu cos. A casa, havia dit que es quedaria fins tard estudiant a la biblioteca per a un proper examen de Física. Tot estava controlat. S'assegué damunt de la tassa del vàter. Tancà els ulls. Es concentrà uns segons en el seu rival.

No va succeir res.

Obrí els ulls, estranyat. Però tot seguit ho va tornar a intentar, concentrant-se amb totes les seves forces.

Quan obrí els ulls, l'Òscar va rebre l'ensurt de la seva vida.

Anava amb moto! Aquell animal d'en Johnny anava amb una moto potent, a tota pastilla, amb la Cristina agafada al darrere! I l'Òscar no sabia anar amb moto. De fet, encara no havia après —i li feia una vergonya enorme haver de reconèixer-ho— a anar amb bicicleta!

La castanya va ser d'antologia. Afortunadament, ningú no en va ser testimoni: el carrer per on passaven en aquell moment era estret i estava desert. La Cristina es va aixecar fregant-se la cama que havia rebut el més fort de l'impacte. L'Òscar, a terra, es va palpar el cos. No s'havia trencat res. De fet, no s'havia fet gaire mal. El cos d'en Johnny era fort i resistent. «Millor per a ell —va pensar—. De tota manera li deixaré uns quants blaus i una factura del taller de reparacions com a record.» Al seu costat, jeia la moto, no massa malmesa, però sí una mica abonyegada. Una roda encara girava.

—Què dimoni t'ha passat? —la Cristina semblava més sorpresa que espantada o irritada—. ¿No eres el rei de les dues rodes? ¿L'home de les acrobàcies? L'home que mai no queia de la moto?

—Sempre hi ha una primera vegada, nena.

La Cristina va alçar les celles en sentir aquesta rèplica. Malament; l'Òscar s'adonà que no havia encertat el to. En Johnny era incapaç de fer servir la ironia, i menys encara d'imitar l'estil que feia servir aquell actor americà, Humphrey Bogart, en aquelles velles pel·lícules en blanc i negre, que de vegades veia amb els pares. Calia corregir el tir.

—Va, tia, no m'emprenyis i ajuda'm a aixecar aquest trasto!

Això era més creïble. Entre tots dos, van alçar la moto, que pesava com un mort, i la van posar dreta contra la paret.

El dipòsit de benzina s'havia rebentat. Fantàstic: així tenia una bona excusa per deixar-la allí.

—Ja trucaré perquè la vinguin a recollir. T'has fet res?

—No, una rascada i prou. Però em fa mal.

—No siguis figaflor, tia!

L'Òscar començava a trobar-li el gust, a això de parlar com un perdonavides. Sempre havia tingut ganes de ser actor de teatre, i això que estava fent era, ben mirat, com representar una obra per a un únic espectador. Calia trobar el to just, les paraules adequades... I, sobretot, havia d'aconseguir que la Cristina acabés fastiguejada d'en Johnny, que l'acabés odiant de bo de bo. Llavors apareixeria ell, l'Òscar, amable, comprensiu, capaç de consolar-la, de fer-li oblidar les penes i les decepcions, i faria que s'adonés del seu error. *The end.* Música de violins. Tot aniria bé. Tot havia d'anar bé. Hauria de fer coses poc agradables, fins i tot repugnants, però seria en Johnny qui les faria, no pas ell. Tenia pensat ser groller, insuportable. Fins i tot —i això seria el més difícil— clavar-li una bona bufetada a la Cristina aprofitant qualsevol excusa. S'havia assabentat, per una companya de classe de la noia, del nom i l'adreça del bar on la parella acostumava a anar en sortir ella de l'institut. Allà muntaria la seva gran actuació.

—Vinga, anem al Macaco a fer unes birres!

—Com vulguis, Johnny!

Aquella docilitat el revoltava. Com era possible que una noia com la Cristina se sotmetés sense dir ni piu als capricis d'un curt de gambals? *Realment, el món de la dona és ple de misteris...*

Dir que el Macaco era un bar brut era quedar-se curt. Era una autèntica cort de porcs. Només entrar-hi, les soles de les sabates se t'enganxaven al terra. S'hi barrejaven dues olors bàsiques: la de cervesa i la de pixum. Molts no devien tenir temps o paciència d'acostar-se al lavabo i buidaven la bufeta pels racons més foscos del local. Gairebé tots els clients, una vintena llarga en aquell moment, eren caps rapats. Les parets eren plenes de creus gammades i símbols similars. Una gran bandera espanyola, amb l'àguila franquista (la *gallina*, l'anomenava burleta el pare de l'Òscar), presidia el taulell, clavada amb xinxetes sobre l'última filera d'ampolles.

L'Òscar va sentir una esgarrifança de por en trobar-se envoltat per aquell ambient opressiu i amenaçador. De seguida, però, va recordar dins de quin cos estava i això el va tranquil·litzar una mica. El problema, ara, era un altre: ell no coneixia cap dels col·legues d'en Johnny. ¿I si se li acostaven i volien parlar amb ell? ¿I si li feien preguntes que no sabia contestar? I si...?

—Va, anem a seure! —va dir la Cristina, agafant una cadira.

La noia semblava trobar-se segura i a gust en aquell entorn. Era increïble! De fet, a diverses taules hi havia noies de cap rapat i ull patibulari, però també n'hi havia dues o tres força semblants a la Cristina, d'aspecte viu i intel·ligent, netes i ben vestides; xarrupaven cervesa directament de l'ampolla i parlaven animadament amb aquells brètols. L'Òscar havia sentit a dir que en molts països i èpoques a les dones de la burgesia els havia agradat freqüentar els baixos fons, els locals de mala mort, per tal d'*encanallar-se*, de segregar adrenalina, de sentir-se vives, més enllà del seu món endreçat, polit i mortalment avorrit. Les mosses del Macaco tenien entre catorze i divuit anys, no eren precisament víctimes de la rutina matrimonial, però el principi era el mateix: la recerca d'una vàlvula d'escapament, el plaer d'allò prohibit, l'anhel de *sentir* quan al teu voltant tots volen obligar-te a *pensar*.

A la taula, la Cristina, amb total desimboltura, va encarregar dues birres a un cambrer tatuat fins a les orelles, i va començar a parlar amb un llenguatge que l'Òscar no hauria mai imaginat:

—Què vols que et digui, tio? A casa les coses cada dia estan més xungues. El meu vell vol controlar tot el que faig, i m'ha prohibit que et continuï veient. Què s'ha cregut? La meva mare va ser la seva esclava mentre va viure, ¿i ara sóc jo qui ha d'ocupar el seu lloc? Això és el que es pensa, aquest desgraciat! Doncs bé, que es faci fotre!

L'Òscar anava fent glops de cervesa i obria molt els ulls i les orelles. No s'ho arribava a creure. ¿Aquella era la Cristina? La seva dolça Cristina? Començava a comprendre els perills de la idealització excessiva. Romania callat com un peix, sense esma de dir res. Bé: el silenci atònit ja li esqueia, al seu personatge. De tota manera, no es tractava d'eternitzar la situació: havia de fer-se odiós a la Cristina, *ja*, fos com fos, tot i que anava prenent dolorosament consciència que no seria tan fàcil com s'havia imaginat. A més, començava a patir pel seu cos: mai no l'havia deixat sol tanta estona.

La cervesa (l'Òscar no havia begut pràcticament mai alcohol abans d'aquell moment, llevat del numeret amb el senyor Eladi) començava a fer-li efecte, tot i que el cos d'en Johnny hi estava més que acostumat. Sentia com els polsos li bategaven amb violència i la ment començava a enterbolir-se-li. Havia de ser aleshores o mai. Obrí la boca, disposat a deixar anar una tirallonga d'insults i d'obscenitats. Però en aquell mateix moment una mà es deixà caure damunt la seva espatlla.

—Johnny, tio! Ja som aquí. Només falta el Mussolini.

L'Òscar es girà de cop. Al seu darrere, hi havia dos individus rapats que no havia vist mai, d'uns divuit o dinou anys, potser vint. Un d'ells, llarg i ossut, amb nas d'aguilot, era el que havia parlat. L'altre, més baix i cepat, amb celles molt negres i espesses, se'l mirava amb cara inexpressiva. Van agafar dues cadires i van seure a la seva taula. La Cristina els va petonejar amb afecte i, a l'Òscar, li va costar dissimular una ganyota de disgust. Uns segons després, un tercer cap rapat, increïblement obès, arribava esbufegant i s'ajuntava a la colla.

—Arribes tard, Mussolini —va dir el llargarut, que semblava assumir amb naturalitat les funcions de líder del grup.

—Em sap greu, tios! La meva vella no em volia deixar sortir de casa i m'he hagut d'escaquejar quan he pogut.

—Bé, ara ja hi som tots. Tinc el cotxe a la porta, i he aconseguit les eines. Acabeu-vos les birres i obrim-nos.

El cotxe? Les eines? De què anava, tot allò? L'Òscar començava a espantar-se. La situació se li estava escapant de les mans. Més valia abandonar a temps que trobar-se enfangat fins al coll. La Cristina hauria d'esperar.

—Em sap greu, tios, però jo haig de marxar.

Va acompanyar les seves paraules amb l'acció d'alçar-se de la cadira, però immediatament una mà poderosa, la del cepat inexpressiu, l'agafà per l'espatlla i l'obligà fermament a tornar a seure.

—De què vas? ¿Tu ens has portat l'encàrrec d'aquest vespre i ara ens vols deixar penjats?

—Deixa'l anar, Videla! ¿No veus que en Johnny és de la broma? Sempre li agrada fer una mica el pallasso abans d'entrar en acció —va dir, conciliadorament, el llargarut.

—Doncs jo no suporto les bromes, Goebbels. No les entenc. I no m'agraden les coses que no entenc —va rondinar el Mussolini.

Si és així —va dir-se l'Òscar— *no et deu agradar gens el noranta-nou per cent del món, cap quadrat.* I no va poder estar-se de dedicar una breu anàlisi als malnoms que feien servir els membres d'aquella colla: *Mussolini, Videla, Goebbels... El líder del feixisme italià, un dictador argentí, un dels caps del nazisme alemany. On m'he ficat?* Estava ja espantat de debò i els pensaments se li anaven acumulant l'un damunt de l'altre a una velocitat esgarrifosa—. *Com podré escapar-me d'aquests guillats sense rebre de valent? A quina acció es refereixen? Quin deu de ser, l'encàrrec d'en Johnny? Com és que la Cristina sembla formar part d'aquest grup? I el meu cos? Haig de tornar al meu cos, com sigui!*

És clar, aquella era la solució. Que n'havia estat, de ruc!

Es tractava de concentrar-se, tornar al seu cos, que en Johnny reprengués el seu, que fessin les «accions» que volguessin i que a ell el deixessin en pau. Només desitjava tornar a la seguretat de la seva cambra, amb els seus llibres, els seus CD d'U2, els seus jocs d'ordinador, els seus pares i la pesada de la seva germana, i no tornar-se a acostar al Macaco en tota la vida. I, pel que feia a la Cristina, hi renunciava. S'havia equivocat: no feia per a ell. Que se la confitessin, aquella trepa, si s'hi trobava tan bé! Tancà les parpelles. Es concentrà, com sempre. Obrí els ulls amb un somriure.

I el somriure se li congelà als llavis.

Continuava al Macaco. A la mateixa taula. Envoltat d'en Mussolini, en Goebbels, en Videla i la Cristina, que se'l miraven amb ulls interrogadors. No havia passat res! No havia pogut reintegrar-se al seu cos. Devia ésser massa lluny. Sentia com el pànic creixia dins seu en enormes onades que amenaçaven d'engolir-lo.

—Et trobes malament? —va preguntar la Cristina. Les mirades dels altres eren cada vegada més suspicaces.

—No, no... Un petit mareig. Deu ser per la caiguda. Ja m'ha passat.

—La caiguda? —va preguntar en Videla.

—Sí, abans ens hem clavat una fava amb la moto. En Johnny ha relliscat —va explicar la Cristina.

Una triple rialla d'allò més escandalosa va fer que tots els caps del local —de fet, prou sorollós— es giressin per un moment en la seva direcció.

—Això sí que és la fi del món: en Johnny que cau de la

moto. No m'ho hauria cregut mai —va dir en Goebbels, escanyant-se de tant riure.

—A tothom li pot passar —va replicar l'Òscar, una mica picat malgrat tot.

—Sí, i també els negrots es poden fer passar per blancs si els dóna la gana, i les vaques volen —va dir en Mussolini, rient de la seva gran agudesa—. Tio, avui se't nota estrany. Que et passa res?

—No res, no em passa —va dir precipitadament l'Òscar. No podien sospitar que ell no era en Johnny. O sí? Ja no sabia què pensar. Potser el millor era seguir-los la veta. Allà dins no se'n podia desfer. En canvi, al carrer, més endavant, amb una correguda i agafant-los per sorpresa els deixaria amb un pam de nas. Sí, això era l'únic que podia fer.

—Bé, tios —va concloure en Goebbels, que, com sempre, duia la veu cantant—, hem de començar a passar o se'ns farà tard, i no volem fer esperar els nostres *clients*, oi que no?

Tots van riure. Fins i tot l'Òscar es va obligar a deixar anar una rialleta, tot i que no tenia ni la més remota idea de què anava tot allò. De quins *clients* parlaven? Què se suposava que havien de fer?

Van sortir tots cinc del bar i van caminar uns cent metres, fins a arribar a un cotxe que havia conegut dies millors. Pel camí, els *skinheads* avançaven amb un aire dominant i provocador, ocupant tota l'amplada del carrer. Les persones que els veien venir de cara els evitaven, baixant els ulls. Molts canviaven de vorera. *Els agrada sentir-se temuts* —pensà l'Òscar—. *S'alimenten de la por dels altres.* El cotxe era un

Volkswagen Polo que havia estat blanc i ara era de color de gos com fuig, ple de bonys i rascades. El vidre d'una de les finestres del darrere devia haver rebut un cop. No s'havia arribat a esmicolar però semblava talment una teranyina. En Goebbels obrí el cotxe i tots s'hi instal·laren. En Mussolini, al davant, per qüestions de volum. L'Òscar es trobà al darrere, comprimit entre en Videla i la Cristina, que se li abraçava i reposava el cap sobre el seu pit. En altres circumstàncies, l'Òscar s'hauria sentit al Paradís. Ara li feia l'efecte de ser un xai que duien camí de l'escorxador.

6

La nit del malson

Eren ja les deu de la nit. Feia una hora que viatjaven. L'Òscar estava cada cop més terroritzat, tot i que feia esforços sobrehumans per dissimular-ho. Es preguntava si algú hauria trobat el seu cos i, si havia estat així, què n'hauria fet. I també pensava amb angúnia que els seus pares ja devien estar patint per la seva absència i que aviat remourien cel i terra per mirar de trobar-lo. S'havia ficat en un embolic enorme, i no sabia com sortir-se'n. De tant en tant, tancava els ulls i intentava desesperadament tornar a la seva carcassa, però era tan inútil com bufar en un contrabaix i esperar que sonés.

A dins del cotxe, ningú no deia res. A fora, la nit era un còctel de fars que es creuaven. Havien sortit de Barcelona feia estona i l'Òscar no tenia ni idea d'on es dirigien. Els seus companys a banda i banda, i la massa humana d'en Mussolini al davant, li dificultaven enormement la visió dels rètols indicadors de l'autopista, i la foscor exterior no facilitava les coses. Per fi, en Goebbels va parlar:

—Ja som a Tarragona, tios!

A Tarragona? Què dimoni havien vingut a fer a Tarragona? El cotxe enfilava la Rambla Nova, i es desviava en direcció a les restes romanes. L'Òscar hi havia estat una vegada amb els seus pares. Havien assistit a un concert de Lluís Llach en un amfiteatre molt bonic, a l'aire lliure. El Camp de Mart, creia recordar que en deien.

Van aparcar el cotxe damunt la vorera, en un carrer curt, estret i buit. Tots van seguir en Goebbels, que es va dirigir de dret cap al portamaletes, i es van situar al seu voltant mentre l'obria. L'Òscar estava convençut que no podia tenir més por de la que ja tenia.

S'equivocava.

A dins del portamaletes del cotxe hi havia tot un arsenal. Bats de beisbol, navalles, barres de ferro, punys americans, nunxakus japonesos... fins i tot una petita pistola automàtica. En Goebbels agafà la pistola, se la ficà a la butxaca interior de la caçadora, i començà a repartir la resta del material. L'Òscar, sense gosar negar-s'hi, es va trobar aviat amb una barra de ferro d'uns cinquanta centímetres a la mà dreta i amb una cadena llarga i gruixuda a la mà esquerra. Li semblava viure un malson. Però, per més que feia, no aconseguia despertar-se.

—Som a cent metres de l'objectiu —en Goebbels parlava amb veu clara i ferma, sense cridar, acostumat a ser escoltat i obeït—. Dos carrers més amunt, trobarem un descampat. En realitat, és un solar sense edificar. Fa dues setmanes que hi acampen una colla de moros i negres de merda, que no tenen feina ni papers, i que es pensen que poden viure com a paràsits a l'Europa dels blancs. L'Ajuntament no s'atreveix a enviar-hi la poli, perquè hi ha una colla d'imbècils, membres d'oenagés i d'associacions per l'estil, que se'ls tirarien al damunt, i ja sabeu que els podrits dels polítics només es mouen pels seus interessos electorals, de cara a la galeria. Bé: el cas és que el propietari del solar vol resoldre la situació d'una manera ràpida i eficient, i ens ha pagat una bona quantitat, a través d'en Johnny, perquè fotin el camp. No vol que hi hagi cap mort, però els podem estovar tant com vulguem. Podeu trencar ossos i dents, però molt de compte amb les navalles. Les armes de foc només s'han d'utilitzar en cas d'autèntica necessitat. Entesos? La feina la cobrarem demà, si la fem ben feta, i ens repartirem els diners seguint la proporció habitual.

Tots van assentir i tot seguit van començar a caminar, enfilant el pendent que conduïa al solar. L'Òscar estava desesperat. Al davant, veia l'esquena d'en Goebbels, que obria la marxa armat amb un bastó de puny metàl·lic. Sentia al darrere els esbufecs d'en Mussolini, que agafava amb totes dues mans un bat de beisbol i semblava tenir unes ganes boges de fer-lo servir. A la seva dreta, en Videla brandava un nunxaku amb una mà i premia un puny americà amb l'altra. A la seva esquerra, la Cristina contemplava els reflexos que els fanals feien a la fulla de l'enorme navalla que duia a la mà dreta i —això era el més esgarrifós— *somreia*. Estava envoltat. Si arrencava a córrer, l'agafarien de seguida. I tota aquella zona semblava deserta: no podia demanar auxili a ningú. És clar que, en cas de veure algú pel carrer, el més probable fóra que en trobar-se de nit amb un cap rapat musculós i armat, l'hipotètic vianant tingués més ganes d'arrencar a córrer que no pas d'ajudar-lo. De moment, doncs, calia continuar i esperar un moment més favorable.

—Xt! Ja hem arribat —en Goebbels va alçar la mà, obligant la comitiva a detenir-se.

Allà al davant, s'obria el descampat. A uns cinquanta metres al davant d'ells, un foc, alimentat per caixes de fusta i troncs, esquinçava la foscor. Al seu voltant, una quantitat indefinida d'homes i dones jeien per terra, embolicats amb mantes llardoses. Alguns passejaven per parelles, tot parlant en veu baixa. D'un lloc indeterminat, arribava el plor d'un nen.

—Segons les meves informacions, són una dotzena d'homes, set o vuit dones i tres o quatre criatures. Tots febles, sense armes, mal alimentats i morts de por. Amb l'efecte sorpresa al nostre favor, l'operació hauria de desenvolupar-se sense cap mena de problema —va explicar en Goebbels—. Quan doni el senyal, seguiu-me.

El que va succeir a continuació, l'Òscar ho va viure com si es trobés embolcallat per una boira que ho convertia tot en irreal.

En Goebbels va dir «Endavant!», i va arrencar a córrer, brandant el seu bastó. Tots el van seguir, cridant com bèsties salvatges. Els immigrants no van tenir temps de reaccionar i els que jeien a terra no van poder ni aixecar-se abans de sentir els cops que els plovien pertot arreu. Un home alt i prim va intentar sortir corrents, però la Cristina li va fer la traveta i, un cop caigut, en Mussolini va començar a colpejar-lo sense pietat amb el seu bat, llançant crits de ràbia i d'excitació. En Goebbels i en Videla, en canvi, *treballaven* en silenci i amb una eficàcia terrible. L'Òscar, paralitzat de por, enmig d'aquell infern, va sentir clarament el soroll sec que feia el braç d'un home en trencar-se, quan en Videla el va fer petar a l'altura del colze contra el seu genoll. El foc allargassava les ombres d'una manera grotesca. Una dona s'arrossegava per terra, intentant protegir un nen de pocs mesos. La Cristina, agenollada, va començar a fer-li talls als braços amb la seva navalla. Els crits de la dissortada, que no gosava defensar-se per tal de no deixar desprotegida la seva criatura, eren esfereïdors. Fou llavors que l'Òscar va reaccionar de sobte i colpejà amb força la Cristina amb la cadena. La noia va caure de costat, deixant anar un xiscle de dolor i de frustració. Quan va alçar els ulls i descobrí qui l'havia agredit, es quedà parada, sense entendre res.

—Johnny, però què fas?

L'Òscar no li va respondre. Deixà caure la cadena, agafà la barra de ferro amb les dues mans, féu unes passes cap a en Mussolini, que estava concentrat apallissant sense compassió un magrebí caigut, i el colpejà a l'esquena amb totes les seves forces. En Mussolini va anar a parar a terra, tou i feixuc com un sac de patates, sense un crit.

En Goebbels i en Videla s'adonaren alhora del que estava passant i, durant uns segons, van romandre immòbils, incapaços de reaccionar. En Goebbels, per fi, va exclamar:

—Johnny, que t'has tornat boig?

—Deixeu en pau aquesta pobra gent! Deixeu-los en pau

i foteu el camp d'aquí! —va cridar l'Òscar amb els ulls entelats per les llàgrimes, posseït per una ràbia que no havia conegut mai.

—Són negres, Johnny! Negres i moros! Des de quan t'amoïna el que els passi, als negres i als moros? Són bèsties! —en Goebbels parlava, com sempre, sense alçar la veu, mentre anava avançant a poc a poc cap a l'Òscar. En Videla, amb l'esguard ombrívol, va començar a descriure un semicercle, mirant de situar-se a l'esquena del seu, fins llavors, company, sense ser vist. Mentrestant, els immigrants que encara es podien moure van aprofitar que els seus botxins discutien entre ells i semblaven haver-los oblidat per desaparèixer entre les ombres de la nit. Alguns s'emportaven amb ells, arrossegant-los o a coll, els cossos dels seus companys inconscients.

—Són persones! Persones indefenses! —cridà l'Òscar—. I vosaltres els esteu... Déu! Hi havia nens! Vosaltres...

—Ara t'agafen els remordiments? —En Goebbels seguia avançant lentament, ara ja era molt a prop—. Quantes vegades has fet *treballs* d'aquesta mena? Set? Vuit? Potser més i tot. No ho entenc, Johnny. Em sembla que estàs malalt. Necessites descansar. Nosaltres t'ajudarem. Va, deixa anar aquesta barra.

—No te m'acostis! —l'Òscar va estendre els braços cap endavant i la punta de la barra de ferro quedà a pocs centímetres del nas ganxut d'en Goebbels, que es va aturar en sec. Durant uns moments, va contreure el rostre en una ganyota de ràbia. Tot seguit, però, es controlà, somrigué i deixà caure a terra el seu bastó.

—Mira, Johnny, ja veus que no vull fer-te cap mal. Parlem entre col·legues, vols?

El foc projectava l'ombra del cos d'en Johnny al seu davant. De sobte, en Johnny va veure dues ombres en lloc d'una. I ho comprengué. Girant-se en una fracció de segon, va colpejar enmig dels ulls en Videla, que es disposava a atacar-lo per l'esquena amb el seu nunxaku. En Videla va caure de genolls, duent-se les mans al front i bramant mentre la sang començava a rajar-li entre els dits:

—Desgraciat! M'has trencat el cap! Mata'l, Goebbels, mata'l!

L'Òscar va girar-se de nou, i va veure com en Goebbels ficava la mà dreta a l'interior de la caçadora i en treia la pistola. La barra de ferro va sortir disparada i colpejà amb força la mà del líder de la colla. L'arma caigué a terra, a un parell de metres de distància, mentre en Goebbels cridava de dolor. De seguida, però, va refer-se i es va llançar a terra per tal de recuperar-la. Massa tard: l'Òscar havia tingut el mateix pensament i es projectà sobre d'ell. La pistola era ara a només un pam de la mà d'en Goebbels, però l'Òscar, al damunt del cap rapat, impedia amb el seu pes que hi arribés. Mentre forcejaven, cap dels dos no va veure que algú s'hi acostava. Fins que no fou massa tard.

Alguna cosa freda i aguda es va clavar a l'esquena de l'Òscar. Quasi immediatament, un dolor intensíssim mossegà el seu sistema nerviós. De sobte, en Goebbels, la pistola, la foguera, tot el que l'envoltava, va desaparèixer, i caigué en un pou negre que semblava no tenir fons.

En Goebbels es tragué del damunt el cos inert d'en Johnny i recollí per fi la pistola. De l'esquena d'en Johnny, la sang sortia a borbolls. La Cristina estava dreta, immòbil, amb els ulls negats de llàgrimes, i agafava amb força la navalla amb la mà tremolosa. La fulla estava tacada d'un color vermell fosc.

—Per què ho ha fet? Per què ho ha fet? —preguntava amb la veu presa per una histèria continguda.

—I a mi què m'expliques? Se li deu haver estovat el cervell —va respondre en Goebbels, mentre es posava dret—. Marxem d'aquí.

—És... és mort?

—Em sembla que no, però s'ho mereixeria —qui havia parlat era en Videla, que s'havia anat acostant, tot trontollant, als altres dos. Tenia la cara coberta de sang i mirava d'eixugar-se-la amb un mocador, ja inútil de tan xop.

—Ens l'hauríem de carregar. Podria xerrar-ho tot i donar els nostres noms a la bòfia... —en Mussolini també s'havia refet del cop i s'havia afegit a la colla.

En Goebbels s'ajupí, arrencà la navalla de la mà de la Cristina amb un gest brusc i en netejà la fulla amb la màniga de la seva caçadora. Després, semblà rumiar-s'ho uns segons abans de parlar:

—D'entrada, potser no sobreviurà. Si no el troba ningú, el més probable és que mori dessagnat. I si se'n surt no dirà res; ell seria el primer a rebre, perquè és l'únic de nosaltres que està fitxat per la poli. No, li convé callar. I si és prou estúpid per buscar-nos, ens trobarà i llavors acabarem la feina. Va, anem-nos-en d'una vegada!

Els tres nois van començar a allunyar-se, però la Cristina encara romania dreta, mirant fixament el cos estès a terra. El cos del noi que fins no feia gaire l'abraçava, la besava, li deia les paraules que li agradava sentir. Se sentia buida, terriblement buida.

—Tia, véns o no véns?

La veu d'en Videla l'obligà a reaccionar. Féu mitja volta i seguí els altres, girant-se encara de tant en tant. Al descampat no quedà sinó una foguera moribunda i un cos immòbil.

Hi havia hagut crits, hi havia hagut sorolls. Però pels voltants ningú no havia sentit res. I si algú havia sentit alguna cosa, sabia dissimular-ho prou bé. Als edificis dels voltants, moltes finestres estaven il·luminades, però ningú no hi treia el cap. A la major part d'elles, s'hi podien veure les pampallugues intermitents dels televisors engegats: per a molts, l'autèntica realitat.

Uns minuts després, algú sortí d'entre les ombres i s'acostà a l'Òscar. S'aturà al seu davant i el contemplà llargament. Per fi, semblà decidir-se. S'ajupí, l'aixecà amb un considerable esforç, se'l carregà damunt les espatlles i se l'endugué.

El foc de la foguera féu un darrer sospir i s'apagà.

7

Una convalescència vista i no vista

Quan l'Òscar obrí els ulls, per uns moments va creure que es trobava al llit de la seva cambra. S'havia d'aixecar, esmorzar, anar cap a l'institut... En intentar moure's, però, un dolor intens el va deixar sense respiració. Ho veia tot borrós. Es palpà el cos. No era el seu. La consciència del que havia passat li caigué al damunt, com una llosa. El malson continuava...

S'adonà que unes benes li cobrien el pit i la part superior de l'esquena, passant per sota de les aixelles. Els records de la nit anterior varen anar desfilant pel seu cervell amb comptagotes. L'anada amb cotxe a Tarragona, l'atac als immigrants, la seva boja reacció contra els seus teòrics col·legues, aquell dolor sobtat i insuportable... i res més. Què havia passat? On devia ser? Qui l'hi havia dut? Mentre estava perdut en els seus pensaments, algú s'acostà al llit on jeia.

—Benvingut al món dels vius! Has tingut sort. T'ha anat d'un pèl que aquella navalla no et foradés un pulmó.

Una navalla. Així doncs, havia estat la Cristina qui l'havia ferit. Després de tot, es digué amb sarcasme, les coses no havien sortit tan malament: ell pretenia que la Cristina acabés odiant en Johnny i, de fet, gairebé l'envia a l'altre barri. Bingo! És clar que el dolor era l'Òscar qui el sentia...

A poc a poc, els seus ulls van anar aprenent a enfocar la mirada i va començar a discernir el que hi havia al seu voltant. Es trobava en una habitació no gaire gran, ben il·luminada —el sol entrava generosament per una única finestra—, sense mobles, tret del llit on jeia, una cadira i una taula baixa plena de material mèdic. Un rellotge de paret indicava les onze. La persona que havia parlat era una dona jove de trets arabitzants, d'uns vint-i-tants anys. Als adolescents en general —i, malgrat l'edat del cos que ocupava, l'Òscar continuava essent un noi de tretze anys— les persones de més de vint anys els semblen totes una mena de dinosaures d'edat indefinida. Aquella noia, però, la va trobar força bonica. Els seus ulls eren dolços, i el seu somriure sincer i tranquil·litzador.

—Em dic Zina. Zina Sanderloued. Ets al meu pis, que també és el meu consultori. Tranquil, et posaràs bé.

—Parles molt bé el català —va dir amb dificultats l'Òscar.

—Realment, ets un tipus curiós. Un cap rapat amb ànima de Pompeu Fabra! Em pensava que els de la teva mena éreu d'un anticatalanisme visceral.

—Ja veus que hi ha excepcions —l'Òscar va pensar que si li explicava la veritat el prendria per boig—. Ets àrab, oi?

—Depèn del que entenguis per àrab. Els europeus tendiu a ficar tot el Nord d'Àfrica dins del mateix sac i hi ha realitats molt diferents. Vaig néixer a la Cabília, a Algèria. Allà som el que podríem anomenar una minoria oprimida, i això et fa sentir solidària amb totes les nacions oprimides del món. Així que vaig arribar a Catalunya, ja fa uns vuit anys, vaig creure que tenia l'obligació d'aprendre la llengua del país i m'hi vaig posar de seguida.

—Doncs te n'has sortit molt bé.

—Gràcies —la Zina va somriure, afalagada—. M'agrada molt llegir. De tot: poesia, assaig, teatre... però, sobretot, contes i novel·les; i aquí teniu narradors molt bons: Mercè Rodoreda, Pere Calders, Ferran Torrent... A mi, personalment, m'encanta Jesús Moncada, té un sentit de l'humor especialíssim. Passar-me hores a la biblioteca em va ajudar a conèixer l'estructura del català, a fer-me amb els vostres girs lingüístics, a anar ampliant vocabulari. Parlar-lo va ser més difícil. Saps què em va empipar més? La mania que teniu molts catalans de canviar de llengua quan us adoneu que el vostre interlocutor no és del país, encara que us demani de continuar parlant-li en català. Us justifiqueu dient que és un acte de cortesia, quan en realitat és servilisme, manca de confiança cap a la vostra pròpia llengua... I perjudiqueu enormement la persona que vol integrar-se a la vostra cultura.

—Deies que això és el teu consultori. ¿Així que ets metgessa? —l'Òscar va voler canviar de tema, veient que la Zina li llançava la cavalleria pel damunt, com si ell fos el responsable directe de tots els problemes lingüístics dels Països Catalans.

—Sí. Els meus pares van morir en un accident de cotxe quan jo era molt jove, però em van deixar uns quants diners estalviats i, encara que amb penes i treballs, vaig poder matricular-me a la universitat. Podríem dir que sóc una privilegiada: tinc la documentació en regla i una feina estable. Treballo un parell de dies a la setmana a l'Hospital General de Catalunya i, com veus, tinc el meu consultori privat. Potser per això, i perquè he vist molta misèria al llarg de la meva vida, miro d'ajudar tant com puc els meus compatriotes i, també, persones d'altres països que no tenen accés a la Seguretat Social per manca de papers. Un dels meus amics i pacients, un camerunès molt simpàtic que es diu Jean, et va portar aquí ahir a la nit. D'entrada, em vaig quedar veient visions: un home negre que em portava un cap rapat ferit perquè el curés! Era com si el conill volgués salvar la vida a la guineu... Però em va explicar que els havies defensat, a ell i als seus companys, d'altres caps rapats que els estaven agredint. Com és que et vas girar en contra dels teus companys? Perquè, segons tinc entès, eres un d'ells... Vau arribar plegats, disposats a fer mal. I els altres en van fer, i molt. Aquesta matinada, mentre estaves sedat, he hagut d'anar amunt i avall amb en Jean, cuidant víctimes. I això que no he pogut visitar tots els ferits. Sembla que n'hi havia dos o tres que acabaven d'arribar aquella mateixa nit i s'havien afegit a la colla sense dir pràcticament res. Ningú no els coneixia, i ningú no sap què se n'ha fet: tant de bo estiguin bé. Almenys, entre els que he pogut veure no hi ha cap cas especialment greu, però sí uns quants ossos trencats, ferides lleus d'arma blanca, hematomes... A un nen de pocs mesos li van trencar una costella.

—Quins desgraciats! —va exclamar l'Òscar, que alhora intentava incorporar-se amb dificultats.

—Ep! Tranquil! Què et penses que estàs fent? Necessites descans. I em deus unes quantes explicacions, no trobes? —la Zina, suaument però amb fermesa, fent servir ambdues mans, obligà l'Òscar a reprendre la posició horitzontal.

—Mira, sé el que semblo. Però no sóc el que semblo. No sé com dir-ho millor, hi ha coses que no et puc explicar, de fet no sabria ni com començar...

La Zina va rumiar uns segons en aquelles paraules enigmàtiques. Per fi, va gosar aventurar una hipòtesi:

—Ets potser... una mena d'infiltrat?

El rostre de l'Òscar s'il·luminà. Sense saber-ho, la Zina li havia proporcionat la possibilitat de donar una explicació creïble a la contradicció entre el seu aspecte i el seu comportament. Li sabia greu mentir-li, però quan la veritat no es pot explicar, millor que allò que la substitueix tingui almenys una mica de cara i ulls.

—M'has enganxat —va dir amb un somriure—. Formo part d'un grup de joves d'acció antiracista. Alguns de nosaltres ens disfressem, per dir-ho d'alguna manera, de caps rapats i rondem pels seus territoris. Mirem de fer-nos captar per les organitzacions que els utilitzen, seguim les sessions d'adoctrinament ideològic, participem en les seves reunions, cridem les seves consignes... Es tracta d'estudiar la bèstia des de dintre per tal de poder acabar amb ella. D'aquesta manera, sovint coneixem a l'avançada on atacaran i quan, i podem espatllar-los els plans. Jo, ahir, em vaig veure obligat a acompanyar-los en una de les seves *excursions*. D'entrada, pensava mantenir-me'n al marge, però quan vaig veure el que feien, la seva brutalitat, em vaig encegar i em vaig trair.

—Doncs ara estàs cremat.

—Què? —l'Òscar no coneixia aquesta expressió argòtica. Sabia què volia dir *anar cremat*, però suposava pel context que no volia pas dir el mateix.

—Vull dir que ara ja et coneixen, que no pots continuar amb la teva comèdia. Més val que et desfacis de la roba que portaves, que et deixis créixer els cabells i que no et deixis veure més per ambients perillosos.

—Tens tota la raó. Però hi ha un problema: visc a Barcelona i he arribat aquí amb les butxaques gairebé buides. —La nit abans, al bar, l'Òscar havia fet servir la cartera d'en Johnny a l'hora de pagar la seva cervesa i la de la Cristina, i només hi havia un bitllet de vint euros—. Puc pagar el bitllet de tren i menjar alguna cosa, però no m'arriba per comprar roba nova.

—Tranquil, aquí al costat trobarem el que necessites! —La Zina es va aixecar, i sortí de la cambra mentre continuava parlant—. Sempre tinc un armari ple de roba. Mai no se sap quan algun company ha de sortir cames ajudeume per evitar que li apliquin la llei d'estrangeria, i llavors ha de fugir amb el que porta al damunt, que sovint no és sinó una samarreta i uns pantalons curts. I això en plena tardor, posem per cas, o fins i tot a l'hivern.

—Ets una mena de fada protectora.

—Sóc només una persona que creu que tothom ha d'ajudar tothom, que aquesta és l'única esperança que tenim per sobreviure. I això val també per a vosaltres, els europeus.

Mentre deia aquestes paraules, la noia va tornar a entrar a la cambra. Duia a les mans un jersei gris, uns pantalons texans i unes sabatilles xineses.

—Et deixo això damunt de la cadira, em sembla que t'anirà bé. Quan et llevis, d'aquí a un parell de dies, t'ho podràs emprovar.

—Un parell de dies? Però jo hauria de tornar de seguida a casa! Hi ha gent que estarà preocupada per mi, i a més...

La Zina el va tallar sense contemplacions:

—*Mon cher ami*, et recordo que el metge sóc jo. I el metge és com el capità d'un vaixell: tot intent de subordinació serà terriblement castigat —va dir amb un somriure, però alhora amb fermesa—. D'altra banda, si vols fer una trucada, et puc acostar el telèfon sense fil que tinc al meu dormitori.

Per un moment, l'Òscar pensà a posar-se en contacte amb els seus pares i tranquil·litzar-los. Però tot seguit s'adonà que era impossible. D'entrada, no sabia què se n'havia fet del seu cos —només pensar-hi, li venien tremolors—. Potser l'havien trobat, creien que estava en coma, i havien avisat la família. Potser en aquest moment jeia en el seu propi llit, o en un llit d'hospital, amb el pare, la mare i la Carme asseguts al seu voltant, pregant perquè es despertés... A més, ara tenia les cordes vocals d'en Johnny. Si trucava als seus pares, i els digués «Hola, sóc l'Òscar!» amb aquella veu, era més que evident que no se'l creurien. La situació era difícil, i no la podia resoldre fent bondat i mirant el sostre d'aquella habitació durant quaranta-vuit hores. Qui sap què podia haver passat, d'aquí a aleshores! Calia actuar, i de pressa. Però com?

La resposta va arribar en forma de timbre. Un telèfon va sonar, des d'una cambra propera. La Zina va anar a despenjar-lo. L'Òscar va parar l'orella: el pis era petit, i va poder sentir nítidament la veu de la noia sense haver de fer cap esforç especial.

—Quina freqüència tenen les contraccions? —deia, parlant en un castellà tan bo com el seu català—. [...] Molt bé. Sobretot, que no es mogui del llit. [...] No, millor que no prengui res. Apliqueu les instruccions que ja sabeu i espereu-me, que vinc de seguida. [...] No patiu, que tot anirà bé. Fins ara mateix.

Tot seguit, la Zina va tornar a entrar a la cambra i va començar a ficar instrumental dins d'una bossa negra de dimensions considerables.

—Haig d'anar a assistir un part urgent. Hi ha un nen que ha decidit néixer, i quan un nen vol néixer no el fa esperar ningú. Tot i que, potser, si sabés què li espera en aquest món al fill d'una mare magrebina sense papers s'ho rumiaria una mica abans de venir —va afegir, amargament—. Sobretot, no et moguis d'aquí. Tornaré així que pugui.

Va sortir de l'habitació d'una revolada. L'Òscar la va cridar abans no arribés a la porta del carrer.

—Zina!

La noia es va aturar, va girar cua i va treure el cap per la porta.

—Sí?

—Gràcies per tot.

—No es mereixen, capsigrany. Per cert, tu saps el meu nom però jo encara no sé com et dius.

El noi s'ho va rumiar un moment, va estar temptat de dir Johnny, i per fi va dir:

—Òscar. Em dic Òscar.

—Òscar? M'agrada. És un nom bonic. Ara fes bondat, Òscar, i mira de dormir una mica.

Quan l'Òscar va sentir el soroll que feia la porta en tancar-se, va tirar avall el llençol i va intentar aixecar-se. Li feia mal tot el cos, i li costava respirar. Parts del seu organisme que normalment ignorava fins i tot que existien se li feien dolorosament presents amb cada petit moviment, com si el volguessin saludar i fer-se notar. A la fi, va aconseguir alçar-se, recolzat al llit. Les cames tenien la consistència d'un parell de flams d'ou. Si hagués disposat del seu propi cos, no hauria pogut fer un pas sense caure de nassos, i no s'hauria pogut tornar a aixecar. La Zina, unes hores després, l'hauria trobat estès a terra, com un drap brut. Afortunadament, el tarat d'en Johnny compensava la falta d'enteniment amb una considerable fortalesa. Després d'un parell d'intents, aconseguí abandonar el suport i començar a caminar en direcció a la cadira, que era a un metre i mig, però li semblava tan llunyana com l'horitzó a un excursionista. En arribar, després d'una mica menys d'una eternitat, agafà la roba, s'assegué com va poder i començà a vestir-se amb totes les dificultats del món.

Una estona després, sortia de la cambra i entrava en un petit menjador que feia també les funcions de sala d'estar. Damunt d'una taula hi havia una llibreta d'espiral i un pot amb llapis i bolígrafs. Arrencà un full de la llibreta, agafà un boli negre i començà a escriure:

Zina,

Em sap molt de greu, però t'haig de desobeir. Si no me'n vaig ara, les conseqüències poden ser terribles per a mi. M'agradaria molt poder-te tornar a veure algun dia i explicar-t'ho tot. Llavors, però, veuràs una persona molt diferent. Almenys, així ho espero.

Gràcies per tot. Ets una persona extraordinària.

Òscar

L'Òscar mirà al seu voltant durant uns moments, dubtant. A la fi, va deixar enganxada la nota al marc d'un mirall que hi havia davant per davant de la porta del carrer: seria el primer que la Zina veuria en tornar a casa. El mirall li va tornar la imatge d'un individu demacrat i pàl·lid, amb profundes ulleres violàcies. El crani lluent del dia abans començava a esdevenir gris: els cabells feien la seva tímida aparició. El jersei li anava força balder, però els pantalons eren exactament de la seva mida. Es mirà els peus: el calçat no li anava ample ni estret. Perfecte. Ja no semblava un cap rapat.

Un jove mig pòtol, mig penjat, potser, però això no l'amoïnava gaire. Va buscar la roba d'en Johnny i la va trobar curosament plegada damunt del llit del dormitori de la Zina. Agafà la cartera d'una de les butxaques de la caçadora i en tragué els pocs diners que hi havia i el DNI, per si de cas algun *guripa* li demanava la documentació, i se'ls entaforà en una butxaca dels pantalons. Va tancar la porta i s'adonà que era en un sisè pis. El replà era brut, ple de pintades a les parets. Baixà amb ascensor i sortí al carrer. Mirà al seu voltant: es trobava en un barri perifèric, ple de monstres de ciment de dotze pisos i més d'alçada. Pensà per un moment en la Zina, en la força vital d'algunes persones capaces de transformar un entorn gris i depriment en un paradís d'amor i d'escalfor humana. Però no es podia entretenir, havia d'arribar a l'estació i agafar el primer tren que sortís en direcció a Barcelona. *Preguntant s'arriba a Roma* —es va dir. I va interpel·lar una senyora que sortia d'un supermercat, carregada de bosses de plàstic i que, amablement, li va indicar una parada d'autobús i el número que havia d'agafar.

Una hora després, l'Òscar era en una andana de l'estació de la Renfe. Menjava àvidament un entrepà, assegut en un banc, sota la mirada reprovatòria d'un senyor molt ben vestit que es mantenia tot tibat a l'altre extrem del banc, tan lluny d'ell com li era possible, no fos cas que li encomanés els polls. L'Òscar passava olímpicament d'ell i de tothom. Eren prop de les dues. El tren cap a Barcelona arribaria en cosa de deu minuts. Aquella tarda sabria si el seu cos continuava allà on l'havia deixat. Sospitava —les experiències del cap de setmana apuntaven en aquest sentit— que no havia pogut tornar a ocupar-lo per culpa de la distància, com si els cervells fossin una mena d'emissores de ràdio d'abast limitat. Li calia comprovar al més aviat possible la seva teoria. Si el cos no hi era... Bé, arribat el cas ja pensaria en alguna cosa.

8

La policia entra en el joc

Passaven pocs minuts de les quatre de la tarda de divendres quan l'Òscar Corbera, amb un cos manllevat i força malmès, sortia de la boca del metro que es trobava més a prop de l'institut Gabriel Ferrater. Al vagó, havia intentat concentrar-se novament i tornar al seu cos: el seu esforç havia estat inútil. Però no podia saber si era perquè es trobava massa feble, perquè el seu cos continuava essent massa lluny o perquè havia perdut el seu poder. L'aterria pensar en aquesta darrera possibilitat. Els nervis se'l menjaven de viu en viu, però es va obligar a no córrer pel carrer, per tal de no cridar l'atenció. Normalment, no hi havia vigilància a la porta de l'institut, i el divendres a la tarda l'ambient solia ser tranquil: les classes normals ja havien acabat a la una del migdia i només hi quedaven els alumnes que assistien a cursos de reforç i els que tenien el costum d'estudiar a la biblioteca, a més d'alguns professors que preparaven classes o corregien controls. En principi, no havia de tenir problemes per entrar-hi, però calia evitar, tant com fos possible, córrer el risc que l'aturessin abans no hagués pogut accedir als lavabos.

Va arribar a l'entrada principal i va pujar els set graons que duien a la porta. En creuar-la, gairebé va topar amb en Pau Piferrer, que sortia amb un feix de fulls fotocopiats sota el braç. Va sentir com se'l mirava de biaix amb una certa estranyesa i una por mal dissimulada, però cap dels dos no es va aturar. L'Òscar penetrà a l'edifici, mentre en Pau baixava l'escala i es barrejava amb els vianants.

No hi havia ningú al passadís i la porta de secretaria —davant de la qual havia de passar per força— era tancada. Millor així. L'Òscar va arribar per fi davant de la porta dels serveis d'homes i la va empènyer. Ni una ànima. Davant de les piques dels lavabos, hi havia una filera de cinc portes: els vàters. El seu cos havia quedat assegut rere l'última de totes. S'hi acostà amb dues gambades, amb el cor a la gola. Imaginava el que trobaria, però s'arrapava a una mínima esperança. En aquell moment, l'esperança li va fer botifarra i va alçar el vol.

La porta era oberta. L'interior, buit.

Es va sentir molt marejat de cop i volta, i va haver-se de repenjar uns moments a la paret, fins que el cap va deixar de semblar-li un *carrousel* ple de cavallets que giraven i giraven. Havien fet saltar el baldó. Imaginava l'escena: algú s'havia adonat que la porta era tancada des de feia molta estona, l'havien cridat i en no rebre cap resposta havien forçat la porta a cops d'espatlla. Devien pensar que havia patit una embòlia o alguna cosa així i se l'havien endut. Però a on? En Pau! En Pau Piferrer segur que estava al cas. Si anava cap a casa seva, aquella rata de biblioteca es passava mitja vida estudiant a la seva cambra, sabia quina direcció havia pres. Havia d'enxampar-lo fos com fos!

Sortí de l'institut corrent tant com el seu cos adolorit li ho permetia. Cada cop que respirava, sentia com si la Cristina li clavés novament el ganivet a l'esquena, però no va afluixar. Esquivà com va poder els vianants que li venien de cara, estigué a punt d'empassar-se una paperera, però va continuar corrent a tot drap. Per fi, dues cantonades més enllà, va veure la persona que buscava. Era a uns cent metres. Va cridar:

—Pau! Pau Piferrer!

Va ser un error. En Pau es girà i, en veure que en Johnny —un cap rapat violent i curt de gambals que coneixia prou bé— l'empaitava, sortí cames ajudeu-me. La cosa es complicava. L'Òscar, gairebé sense alè, el va continuar cridant:

—No et vull fer mal! Només vull parlar amb tu! Atura't, si et plau!

Sí, home, demà m'afaitaràs —devia pensar en Pau, que va accelerar el pas encara més, mentre es girava per comprovar que el seu perseguidor no guanyava terreny. Aquest gest el va perdre: sense mirar per on anava, va ensopegar amb una rajola aixecada per les arrels d'un plàtan proper i va aterrar espectacularment al bell mig de la vorera, enmig d'una pluja de fulls de paper. L'Òscar va arribar allà on jeia en Pau abans no es pogués aixecar. En Pau se'l va mirar amb ulls espantats.

—Deixa'm estar! Si et plau, no em facis mal! Et donaré els diners que porto, però no em facis mal!

Alguns vianants contemplaven l'escena, però no gosaven intervenir i s'allunyaven discretament, mirant cap a un altre lloc.

—No vull els teus diners i no et penso fer cap mal. —Malgrat el seu nerviosisme, l'Òscar va mirar de parlar a poc a poc i de fer servir una veu tranquil·litzadora—. Només necessito una certa informació. Va, aixeca't i no tinguis por.

En Pau seguia sense tenir-les totes, però en adonar-se que la seva integritat física no corria un perill imminent semblà relaxar-se una mica. Es va aixecar, tot fregant-se un braç adolorit. Llavors es va adonar dels fulls escampats al seu voltant.

—Oh, no! Els meus apunts d'Experimentals!

—Ja t'ajudo a recollir-los —va dir l'Òscar, ajupint-se i encetant la collita dels DIN A 4. En Pau se'l mirava sorprès: aquell no era el Johnny que coneixia. Actuava i parlava d'una manera molt diferent. Però no baixava la guàrdia: el clatellot, o la ganivetada, li podia caure en qualsevol moment.

Un cop aplegat tot el feix d'apunts, l'Òscar va posar la mà damunt l'espatlla d'en Pau, que es va encongir instintivament.

—Pau, necessito saber què ha passat amb l'Òscar Corbera —va dir, mirant-se'l fixament als ulls.

—Per què ho vols saber? I com és que estàs al corrent que li ha passat alguna cosa? Que potser hi tens res a veure?

L'Òscar sospirà. Realment, la reputació d'en Johnny no li facilitava gens les coses.

—L'Òscar té un problema greu i, encara que no t'ho creguis, jo sóc l'únic que el pot ajudar.

—És clar que té un problema greu. Aquest matí, a l'institut no es parlava d'una altra cosa.

—Explica'm què ha passat, i mira de no deixar-te res. És molt important.

—Doncs... es veu que la dona de la neteja va trobar ahir a la nit la porta d'un vàter tancada per dins. Va trucar-hi i no li van respondre. Llavors va avisar el vigilant, que va fer saltar el baldó, i van trobar l'Òscar, assegut damunt la tassa, sense sentits. No va haver-hi manera de despertar-lo. Van cridar els seus pares i una ambulància i...

—On el van dur? On és, ara? —l'Òscar s'havia anat excitant. S'acostava a la fi de la seva recerca. Va fer aquestes preguntes cridant, agafant amb una força potser excessiva el braç d'en Pau, que va tornar a fer cara d'espantat. En aquell moment, l'Òscar va sentir una veu rogallosa darrere seu:

—Fes el favor de venir amb nosaltres, i no intentis cap bestiesa!

Es va girar de cop. Dos homes vestits de paisà però amb l'estigma de la bòfia gravat als rostres, un d'alt i cepat i l'altre —el que havia parlat— més baixet i compacte, se'l miraven de fit a fit. Havien sortit d'un cotxe de la policia aparcat sobre la vorera uns metres més enllà. Amb els nervis, l'Òscar no s'havia adonat de la seva arribada. Suposava que tenien grapats de motius per ficar en Johnny en una cel·la i llançar la clau a la claveguera, però si es deixava tancar ja havia begut oli. Va fer el gest d'arrencar a córrer, però aquells dos ja s'ho esperaven, que intentés fugir. El policia alt se li va llançar als peus, el va fer caure de morros i li va ajuntar les mans a l'esquena, amb molta força. Mentre l'Òscar es cargolava de dolor, l'altre s'hi va acostar i el va emmanillar. Tot seguit, l'obligaren a posar-se dret i l'empenyeren fins al cotxe. El policia baixet es girà cap a en Pau Piferrer, que romania paralitzat, i es tragué un petit bloc i un llapis de la butxaca.

—M'has de donar les teves dades. Potser necessitarem que vinguis a declarar. Nom, adreça i número de telèfon?

—Pau Piferrer Moragues. Carrer de Rabassa, 10 bis, segon pis. Telèfon: 932 10 89 37 —va recitar en Pau com un lloro.

—T'ha fet mal, aquest desgraciat? No t'amoïnis, que no el tornareu a veure per aquí en una bona temporada.

L'Òscar va fer un darrer i desesperat intent:

—Pau! On han dut l'Òscar? M'has de dir on l'han dut!

En Pau no va respondre. Romania mut, com en estat de xoc, abraçant amb força contra el pit els seus apunts. El policia alt va empènyer l'Òscar sense contemplacions a l'interior del cotxe, al seient del darrere, i es va instal·lar al seu costat. L'altre va seure al voltant i va fer girar la clau de contacte.

—Au, Johnny, anem a fer una passejadeta tots tres.

El cotxe va engegar. En Pau, encara immòbil, va observar com s'allunyava.

—¿No et fa vergonya, assaltar nois més petits que tu a la sortida de l'institut? —el policia baixet era qui parlava, mirant l'Òscar pel retrovisor mentre conduïa.

—No l'he assaltat pas! Només li volia fer una pregunta.

—És clar. Jo també, cada cop que vull fer una pregunta a algú, l'empaito pel carrer i m'hi llanço al damunt. És com un tic —el policia alt va riure la gracieta del seu superior—. De tota manera, no és pas per això que t'embarquem, aquest cop. És per una cosa molt més greu. Fins ara havies robat cotxes, petites quantitats... Ets un xoriço, un desgraciat, això ja ho sabíem. Però ara has pujat de categoria, Johnny. Ara ets un assassí. Tenim un cadàver a les mans. El d'un subsaharià que vas pelar ahir a Tarragona.

—Va haver-hi un mort? Però si... —L'Òscar va callar en recordar que la Zina no havia pogut veure totes les víctimes. N'hi havia un parell que havien desaparegut. *Tant de bo estiguin bé*, aquestes havien estat les seves paraules. El seu desig no havia estat escoltat per cap déu.

—Sí, vas deixar al darrere un mort tan mort com el pollastre que em vaig menjar ahir al migdia. Personalment, trobo que la Humanitat no ha sofert una pèrdua irreparable amb la seva desaparició, però ja coneixes el tòpic: la llei és la llei.

—Però jo no he mort ningú.

—M'imaginava que diries això. Per què deu ser? Què et sembla, Paco?

—Que és un paio molt original —va respondre el policia alt, amb un somriure burleta—. Llàstima que tinguem tres testimonis.

—Tres testimonis? Quins testimonis? —l'Òscar ja sabia la resposta abans de fer la pregunta.

—Els teus tres companys caps de bombeta, és clar. Juren i perjuren que els havien encarregat intimidar aquella trepa fent servir un mínim de violència, però que tu volies sang i que quan no et van poder aturar es van veure obligats a ferir-te. No és veritat?

—Em van ferir, però no va anar així —l'Òscar va adonar-se que no havien esmentat la Cristina. Tal vegada els altres havien aconseguit deixar-la al marge.

—Potser tinguis raó, potser no. Això ho ha de decidir el jutge. I abans no el vegis, passaran uns quants dies. Pren-t'ho com unes vacances a càrrec de l'Estat —el policia baixet va riure de la seva pròpia agudesa, i el seu company li va fer de tornaveu.

L'Òscar tenia el cap com un timbal. Havia de demostrar la innocència d'un individu que li repugnava, perquè ara aquell individu *era ell*. I, sobretot, havia de trobar el seu cos amb urgència. Quant de temps es podien mantenir les constants vitals d'un organisme sense un JO que l'animés? ¿Indefinidament, com determinats pacients que viuen anys i panys en un estat purament vegetatiu? ¿O hi hauria un procés de deteriorament irreversible? ¿I si la *màquina* deixava de funcionar? ¿I si llavors l'enterraven i quedava empresonat en el cos d'en Johnny per a la resta de la seva vida? I si...? *Hi ha persones avorridíssimes a les quals no els passa mai res* —va pensar—. *Com les envejo!*

9

L'INTERROGATORI

En arribar a la comissaria de la Via Laietana, els policies van fer baixar l'Òscar, emmanillat, i el van obligar a entrar dins l'edifici. Mentre ell seia en una cadira coixa, vigilat per un agent de rostre inexpressiu, els dos polis van comprovar les dades de la seva fitxa, van omplir la paperassa que feia al cas i, tot seguit, el van dur a una habitació per tal d'interrogar-lo. L'Òscar va pensar en la famosa frase *No penso dir res si no és davant del meu advocat*, però no la va pronunciar: era la millor manera d'estalviar-se un mastegot. De fet, volia saber què havia passat exactament, i potser durant l'interrogatori se n'assabentaria.

L'habitació era petita, freda i funcional. No es tractava, però, d'aquelles cambres sòrdides de les pel·lícules, amb una bombeta pelada penjant del sostre. Tampoc no va haver-hi d'entrada ni cops ni bufetades, ni el vell joc del policia bo i el policia dolent. Aquells dos es comportaven amb duresa però sense agressivitat, com uns funcionaris neutres que tenien una feina a fer i, agradable o no, estaven decidits a realitzar-la de la manera més ràpida i eficient possible. Li van treure les manilles, tot recomanant-li que no fes cap bestiesa —ja era hora: els canells i els braços li feien un mal insuportable—, i el van fer seure davant d'una taula nua. El policia baixet s'assegué al seu davant i posà amb parsimònia una carpeta negra i un bolígraf al seu davant. El més alt romangué dret, darrere del seu company, que va començar a parlar tot seguit:

—Bé, noi. Hem de redactar un informe i tenim ganes d'enllestir i de marxar a casa. Per tant, t'aconsellem que col·laboris, i així et deixarem tranquil ben aviat.

—Puc fer unes preguntes, abans?

—Potser. De què es tracta?

—D'entrada, com va morir, aquell home?

—Hemorràgia interna. Alguns dels ferits se'ls van endur els seus companys. Aquest era un nouvingut. Ningú no el coneixia ni en sabia el nom. S'havia acostat al grup i havia demanat si podia escalfar-se a prop del foc. Li van dir que sí, sense fer-li preguntes. Sembla que va marxar del lloc dels fets pel seu propi peu. En no veure sang, devia pensar que els cops que havia rebut no eren tan greus com això. Però s'equivocava: estava destrossat per dins. Es va amagar en una obra i es va ajaçar en un racó, damunt d'uns sacs de ciment. Devia pensar que si descansava unes hores es trobaria millor, pobre diable, que el dolor se n'aniria... Però ja no es va tornar a despertar. Els treballadors han trobat el seu cos en arribar a la feina, aquesta matinada.

—Com heu sabut que en Goebbels i els altres eren els causants de la batussa?

—*Eren?* Suposo que volies dir *érem*: et recordo que tu també formaves part del grup i que estàs enfangat fins al coll.

—Pot respondre a la meva pregunta, si us plau?

—Caram, quin cap rapat més ben educat. Sembla que hagis anat a escola des de l'últim cop que ens vam veure. ¿No trobes, Paco?

—És un prodigi d'educació. Tot un *gentleman* —va comentar, irònicament, el més alt.

—Si és així, potser es mereix que li respongui —va reprendre el baixet—. Veuràs, coneixem perfectament la vostra colla, tot i que fins avui tu eres l'únic que havies estat *retratat* a comissaria. Tenim constància de totes les vostres trobades, de totes les vostres actuacions. I us deixàvem fer perquè ens resultàveu útils. Perquè els de la vostra mena ens feu sovint la feina bruta. Un desallotjament policial fa vessar molta tinta. Se'ns acusa de brutalitat, de racisme i de moltes coses més, ben poc agradables. I des de dalt, fa molts anys que intenten canviar la imatge de la policia. No els agrada que hi hagi gent que recordi encara els *grisos* del règim anterior, saps? D'això se'n diu política, amic meu: ens han volgut *legitimar democràticament* per tal que la gent ens accepti, per tal que fins i tot ens reivindiqui com a seus. Que bonic, oi?

—Però alguns continueu essent els de sempre, i seguiu actuant com sempre —va dir l'Òscar, fastiguejat. Havia començat a tutejar-los, inconscientment. Potser s'havia adonat que no eren dignes del seu respecte.

—Potser sí, però, llevat d'alguna relliscada, les accions més brutals no som pas nosaltres qui les duem a terme. I això ja ve de lluny. Durant la Transició (tu encara no havies nascut) hi havia els grups incontrolats d'extrema dreta...

—N'he sentit a parlar. Eren uns incontrolats que devíeu tenir d'allò més controlats i coneguts... Potser fins i tot algun d'ells tenia un uniforme de policia penjat a l'armari.

—Potser sí, potser no —el policia baixet va somriure—. Sí que t'has tornat espavilat, Johnny. Que t'has decidit a menjar peix? Diuen que el fòsfor és bo per al cervell.

—Potser sí, potser no —va replicar l'Òscar amb un mig somriure—. I ara els caps rapats són, sovint sense saber-ho, els aliats de la bòfia.

—N'hi ha que sí que ho saben, ho saben molt bé. I dirigeixen els altres, com si fossin bens, cap a objectius que es decideixen en despatxos molt fins. És clar, Johnny, que això no ho reconeixerem mai ni en Paco ni jo, un cop sortim d'aquesta habitació. Però entre vells amics hem de parlar amb sinceritat, no trobes? Resumint, el teu grupet era ínfim, sense importància, però sabíem tot el que fèieu. No podíeu ni anar al lavabo sense que en tinguéssim constància. Però ara ens ha caigut un cadàver a les mans i no hi podem tirar terra al damunt. Algú se l'ha de carregar, aquest mort, i em sembla que t'ha tocat a tu.

—Ja us he dit que no vaig ser jo!

—Potser sí, potser no. Però aquest matí, quan hem anat a buscar els teus companys, l'espavilat d'en Goebbels i els tarats d'en Videla i en Mussolini han jurat i perjurat el contrari. Potser sí, que ho han fet perquè creien que tu també eres mort i més valia que les culpes se les carregués un difunt que no pas un viu. Quan els hem dit que aquest matí un confident ens havia assenyalat la teva presència a l'estació de Tarragona, de primer han semblat desconcertats, però aviat s'han reafirmat en la seva declaració.

—Quins desgraciats! —va exclamar l'Òscar.

—T'ho haig de dir sense embuts, Johnny: a nosaltres ens és ben bé igual qui de vosaltres ha estat el que ha apallissat aquell paio fins a matar-lo. Volem simplement un culpable, i el volem de pressa. Potser et sembli cruel, però és així. La vida és dura: de vegades es guanya, de vegades es perd. Tu has perdut. Accepta-ho i tot anirà bé.

—I la justícia? —L'Òscar estava a punt de plorar, però no volia donar a aquell parell de miserables el gust de veure com perdia els estreps.

—Has sentit, Paco? Un cap rapat que reivindica la justícia!

—No sé on anirem a parar —el policia alt va fer un posat paròdicament ofès.

—Johnny, la justícia és com tot en aquest món: una mercaderia sotmesa a les lleis de l'economia. Si tens diners, en compres. Si no en tens, només pots mirar com els altres se la fan seva. I molt em temo que el teu poder adquisitiu, ara i aquí, és molt limitat.

—Espereu, hi havia una noia. És qui em va ferir quan intentava defensar aquella gent. Heu parlat també amb ella?

El rostre del policia baixet es va endurir de sobte.

—Mira, nano, el que et diré ara és una altra cosa que et convé oblidar un cop hàgim sortit d'aquí. La vostra amigueta és la filla d'algú molt important. ¿Entens què et vull dir? No pot fer-se amb gentussa com vosaltres. Per tant, no s'hi fa. No podia ser ahir a Tarragona. Per tant, no hi era. Ho captes?

L'Òscar va quedar bocabadat. En tots els mesos que havia anat darrere de la Cristina, mai no s'havia preocupat de saber res de la seva família. La Cristina, filla d'*algú molt important?* Un comissari de policia, potser? No, no era probable... ¿Potser un polític? En tot cas, *important* implicava poder i diners. L'Òscar sempre havia pensat que els rics i els poderosos portaven els seus fills a escoles privades més aviat elitistes. Què hi feia, la filla d' *algú molt important* a l'institut Gabriel Ferrater? El policia baixet va tallar el fil dels seus pensaments:

—T'ho adverteixo: si parles d'ella davant del jutge, si t'atreveixes a esmentar el seu nom, ets home mort. A la presó (i aniràs a la presó, pots pujar-hi de peus) poden passar moltes coses, saps? I nosaltres, quan convé, sabem aportar el nostre granet de sorra perquè passin... Hi ha presos que tenen accidents lamentables, d'altres es pengen a la cel·la, n'hi ha que els troben amb el coll tallat. Oi que m'entens?

L'Òscar va quedar blanc com un llençol.

—Ah, i un consell: no diguis davant del jutge que et vas enfrontar als teus companys per ajudar els sense papers. Amb els teus antecedents, ningú no es creurà aquesta bestiesa.

—Què haig de fer, doncs, segons vosaltres?

—Veig que ets un noi assenyat, Johnny! —el policia baixet va treure un paper de la carpeta que era damunt la taula i l'hi allargà, amb el bolígraf—. Aquí tens la teva confessió.

Llegeix-la i signa-la. El veredicte serà de culpabilitat, és clar, però amb força atenuants. Et prometo que la teva estada a l'ombra serà tranquil·la, fins i tot agradable (cel·la individual, televisió i tota la pesca) i farem que t'apliquin totes les reduccions de condemna possibles. Seràs al carrer abans no te n'adonis.

L'Òscar va mirar el paper sense llegir-lo. La Zina: havia de parlar-los de la Zina... Era la seva única coartada. Però podia arriscar-se a fer-ho, amb aquells dos? Ara s'adonava que eren realment perillosos. Havien decidit que ell havia de pagar els plats trencats i no els agradaria gens que algú els posés pals a les rodes. I menys una noia algeriana que exercia de metge per a immigrants sovint indocumentats. Podien amenaçar-la, obligar-la a denunciar els seus pacients, els seus amics... Podien fins i tot agredir-la físicament. De cap manera: la Zina li havia salvat la vida, l'havia de deixar al marge de tota aquella porqueria. Ja se'n sortiria tot sol. Va fer lliscar el full per damunt de la taula fins al policia baixet.

—No.

—No què?

—No penso signar aquesta col·lecció de mentides. Sóc innocent.

—Desgraciat, et penses que pots triar? —El policia alt va començar a avançar cap a ell, amb les mans convertides en punys i un rictus de còlera al rostre, però el seu company el va aturar amb un gest del braç, breu però enèrgic.

—Tranquil, Paco, no t'esveris. Em sembla que al nostre amic li convé meditar tranquil·lament sobre els pros i els contres de la nostra oferta. Avui som divendres. Passarà el cap de setmana en presó preventiva i dilluns ens tornarem a veure, aquí mateix i a la mateixa hora. Si aleshores no ha esdevingut raonable, me n'aniré a prendre un cafè i us deixaré solets, per tal que discutiu l'afer a la teva manera. ¿Et sembla bé, Johnny?

Així doncs —va pensar l'Òscar— *després de tot, el joc del policia bo i el policia dolent continua funcionant. És la gràcia que tenen els clàssics: no passen mai de moda.*

El policia baixet va alçar-se, va anar fins a un angle de l'habitació i va fer una trucada amb el seu mòbil. En acabat, s'adreçà al seu company:

—La comissaria està col·lapsada. Després de la manifestació del moviment antiglobalització d'ahir van fer detencions a manta i no hi ha lloc per a ell. L'haurem de traslladar a les instal·lacions de la Verneda. Queda't aquí i vigila'l mentre vaig a fer que preparin un cotxe.

Va sortir. El policia alt va seure sense dir res a la cadira que el seu company havia deixat lliure i va encendre un cigarret. L'Òscar tenia la temptació d'abandonar tota esperança, com si es trobés a les portes de l'infern. No veia com podia sortir-se'n, d'una situació semblant. No solament semblava condemnat a quedar-se per sempre en un cos que no era el seu sinó que, per acabar-ho d'adobar, aniria a la presó acusat d'un assassinat que no havia comès. No! Era massa estúpid, tot plegat! Havia de fer alguna cosa, i de pressa. Però què?

Tres minuts després, el policia baixet tornà a l'habitació acompanyat de dos individus uniformats.

—Johnny, aquests dos bons samaritans t'acompanyaran al balneari. Espero que passis un bon cap de setmana. Aprofita'l per meditar. Estic segur que dilluns tindràs moltes ganes de veure'ns i aclarir les coses de manera definitiva. En Paco i jo marxem, però pensarem molt en tu. Oi, Paco?

—Em sembla que no podré dormir, esperant el moment que ens tornem a veure —va dir el policia alt, mentre sortia de l'habitació, seguint el seu company. Un dels uniformats, un tipus colrat i bigotut, va agafar l'Òscar per un braç:

—Vine amb nosaltres.

No el van emmanillar, aquest cop. L'Òscar va sortir de comissaria amb un poli a banda i banda. Al carrer, els esperava un cotxe amb el motor engegat i amb un tercer home al volant. El noi va entaforar-se al seient del darrere, ben premut i encaixat entre els seus dos vigilants, i tot seguit el conductor va emprendre la marxa.

10

Parèntesi a l'hospital

Ara ha arribat el moment de deixar l'Òscar una estona i d'anar a veure l'Òscar.

El seu cos, vull dir.

Ens desplaçarem amb tren, si us sembla bé: no tinc carnet de conduir, i és massa lluny per anar-hi a peu. Però no us amoïneu: el viatge no dura gaire.

D'entrada, ens hem de situar temporalment. Anirem fins al mateix divendres de l'acció. Vinga, fem que el passat esdevingui present!

Ja està?

Bé.

Partirem de Barcelona. Els qui no viviu en aquesta ciutat, desplaceu-vos-hi mentalment.

Us n'heu sortit?

Llavors, agafem els Ferrocarils de la Generalitat a la plaça de Catalunya, en direcció a Terrassa.

D'entrada, anem una estona pels budells de la ciutat. El tren s'atura en algunes estacions (Provença, Gràcia, Muntaner) fins a arribar a Sarrià.

Després, sortim a la llum del dia.

Ens aturem a més estacions.

Primer, al Peu del Funicular.

Després de passar per un breu túnel, al Baixador de Vallvidrera.

Pocs minuts després, arribem a Les Planes.

Segueixen La Floresta i Valldoreix. Fruïu del paisatge: l'entorn és molt agradable i avui fa un dia excel·lent.

De seguida, arribem a Sant Cugat. Em sap greu, no tenim temps de visitar el monestir: hem de continuar i ja falta poc per arribar.

Tot just sortir de Sant Cugat, ens aturem a Mira-sol. Podeu començar a preparar-vos, hem de baixar a la propera estació: Hospital General.

Ja hi som. Baixem, de pressa. Si ens despistem, anirem a parar a Rubí, i no se'ns hi ha perdut res.

Veieu l'edifici que dóna nom a l'estació?

És gran i aïllat, ple de passadissos i de cambres, d'escales i d'ascensors, de metges, infermeres i pacients.

En una de les habitacions del segon pis, hi ha un noi de tretze anys en un llit molt blanc. Té els ulls tancats. Respira amb normalitat, però fora d'això no fa el més petit moviment. De sota el llençol, surt una sonda per a l'orina. El sèrum d'alimentació entra gota a gota en el seu braç esquerre.

Ho heu endevinat: és l'Òscar.

Al seu costat, assegudes en dues cadires, amb els rostres cansats i plorosos, hi ha la seva mare i la seva germana. La mare agafa la mà del seu fill, l'acarona lentament.

El pare de l'Òscar és al passadís. Parla en veu baixa amb un home de cabells blancs, tan blancs com la bata que porta.

—I doncs? Què li passa, al meu fill?

—La veritat, no sé què dir-li. Li hem fet tota mena de proves. Les seves constants són normals. Es troba en una mena de coma, però el seu organisme funciona perfectament. No hi ha cap alteració deficitària que n'hagi trencat l'equilibri metabòlic. Tampoc no hi ha hagut cap crisi cerebral circulatòria. No existeix cap raó lògica perquè es trobi en aquest estat. I tanmateix...

—Quan es despertarà?

—M'agradaria poder-li respondre, però la veritat és que no ho sé. Un dia, una setmana, un mes? Almenys, no hi ha necrosi dels teixits. Si poguéssim saber la causa d'aquesta pèrdua de la consciència... Però haig de reconèixer que els meus col·legues i jo estem desconcertats.

—Així, el seu estat pot ser permanent? ¿El meu fill pot viure la resta de la seva vida convertit en un vegetal?

—Tant de bo pogués negar radicalment aquesta possibilitat, però no podem descartar-la. Hi ha casos, molt rars però comprovats, de persones que un bon dia s'han adormit i no s'han despertat en anys. De vegades, no s'han despertat mai.

—Déu meu!

—Però el cas del seu fill no té per què ser tan greu. Continuarem fent-li proves i estic segur que aviat trobarem una pista que ens permeti fer-lo reaccionar. Això si no es desperta ell abans. Faci'm cas, senyor Corbera: no s'angoixi més del compte.

A la cambra, la mare segueix acaronant la mà del seu fill. No ha dit encara una sola paraula. La Carme s'eixuga una llàgrima de l'ull dret amb l'ajuda de l'índex. Diu:

—Mira que n'és de pesat, l'Òscar. Sovint hauria donat qualsevol cosa per treure-me'l del damunt. I ara no sé què donaria perquè em tornés a emprenyar...

La mare segueix sense dir res, però somriu lleument.

Va, sortiu de l'habitació. La visita ha acabat. Hem de tornar amb l'Òscar.

Amb la seva ment, vull dir.

Els qui vulgueu tornar amb tren, aneu cap a l'estació i feu el camí a la inversa.

Els qui tingueu pressa, simplement torneu al vostre present.

I a la vostra cambra, si estàveu llegint a la vostra cambra.

O a la biblioteca, si estàveu llegint a la biblioteca.

O allà on sigui que estàveu llegint.

I, senzillament, passeu a la pàgina següent.

Ja veieu que us ho poso ben fàcil.

I és que el llibre és el mitjà de transport més ràpid, còmode, barat i poc contaminant que existeix.

Ho dic per si encara no us n'havíeu adonat.

11

LA FUGIDA

L'accident fou oportú. Massa oportú.

El cotxe on anava l'Òscar s'havia aturat davant d'un semàfor vermell, a la cantonada de Llúria amb Diputació.

Al seu darrere, una furgoneta no va frenar a temps i va envestir el vehicle policial. El cop fou força violent, però cap dels ocupants no va prendre mal. El policia que conduïa va posar el fre de mà, va renegar amb tant d'entusiasme com d'imaginació i, tot seguit, va sortir esperitat cap al conductor de la furgoneta —un home d'uns trenta anys, amb ulleres fosques—, que acabava de posar també el peu a terra:

—Que potser t'ha tocat el carnet en una tómbola, tros d'animal?

—Com ho has endevinat? M'encanten les tómboles. Llàstima que ja no se'n trobin gaires.

El policia es va quedar parat per un moment. Estava acostumat al poder intimidatori del seu uniforme i aquell individu li estava prenent el pèl amb tota la barra del món.

—A veure, la documentació!

El conductor de la furgoneta va ficar la mà a la butxaca

interior de la seva americana, però no en va treure la documentació sinó una pistola de gran calibre.

—Això també m'ha tocat en una tómbola. T'agrada? Per cert, mentre l'admires, ¿et faria res posar-te les mans sobre el cap?

—El policia, verd de por o de còlera, o de totes dues coses alhora, va obeir. Dues altres persones, també armades i amb ulleres fosques, havien sortit ja de la furgoneta, havien obert les portes del cotxe patrulla, havien obligat els *guripes* a baixar-ne i els havien desarmat. Un d'ells va acostar-se a la finestra del conductor i es va endur la clau de contacte.

—Això no us farà cap servei, nanos. I no us molesteu a comprovar la matrícula: és més falsa que un euro de fusta.

Llavors, van estirar l'Òscar d'un braç i el van fer sortir del vehicle.

—Va, afanya't, que és per avui!

L'Òscar va obeir, desconcertat. *Ai, caram!* —va pensar—. *Estic fugint*. Tots plegats van entrar a la furgoneta. El conductor, encara amb la pistola en una mà, va fer recular el vehicle, i tot seguit, amb un grinyol de pneumàtics, va passar per la dreta del cotxe de la policia, es va saltar el semàfor, encara vermell —l'operació havia durat menys d'un minut—, i va desaparèixer carrers enllà. Els tres guripes es van quedar palplantats, envoltats de badocs, alguns dels quals opinaven en veu alta que tot allò era part d'un programa de televisió filmat amb càmera oculta. Només un d'ells va tenir esma de dir:

—Nanos, ens espera una bona bronca.

L'Òscar començava a reaccionar. S'havia evadit. Bé: era

el que desitjava. Però, qui eren aquells paios? I com sabien que anava dins d'aquell cotxe? *Si vols respostes* —es va dir—, *pregunta*. I va dur a la pràctica el seu pensament:

—Per què m'heu ajudat?

El conductor, sense girar-se, va respondre:

—Hi ha algú que té moltes ganes de veure't.

—I de qui és tracta, si es pot saber?

—És una sorpresa, nano. Relaxa't i pren-t'ho amb calma.

—No em voleu donar una pista?

L'home que seia a la seva dreta va intervenir:

—Un cop de porra al cap, et donarem si no deixes d'emprenyar. Ho has entès?

L'Òscar ho havia entès. Amb aquells paios, millor no fer broma. Va callar, mentre pensava un pèl inquiet si no hauria fugit del foc per caure a les brases.

La furgoneta enfilà la Diagonal, en direcció a Pedralbes. *Mira* —pensà l'Òscar—, *anem a veure la gent guapa*. Una mica més amunt del Palau Reial, es desvià cap a un dels carrers perpendiculars a la gran avinguda i entrà en el jardí d'una torre força luxosa. La porta del garatge s'obrí automàticament i la furgoneta s'hi endinsà. Aviat, els homes i l'Òscar van baixar del vehicle i van sortir del garatge mentre el conductor avisava el noi:

—Segueix-nos amb naturalitat si no vols tenir més problemes del compte.

Més problemes dels que ja tinc? —pensà l'Òscar—. *Impossible!* Però aviat se'n penedí, d'aquell pensament: començava a aprendre per experiència que, per molt malament que estiguis, sempre pots arribar a estar pitjor. En tot cas, els va acompanyar, obedient i en silenci.

Van arribar a la porta principal de l'edifici i el conductor va trucar enèrgicament al timbre. Uns segons més tard, els obria un individu que feia tota la cara de ser un lacai dels més bavosos.

—L'amo us esperava abans.

El conductor semblava incòmode:

—Hem vingut tan aviat com hem pogut. Creuar mig Barcelona amb cotxe un divendres al vespre demana temps.

—Bé, que passi al seu despatx —digué el criat, assenyalant l'Òscar amb la mirada—. Ell sol. Vosaltres, espereu-vos una estona a la sala d'estar. Tu, vine amb mi.

L'Òscar el seguí fins a una porta de doble batent. El criat l'obrí just perquè el noi pogués passar i l'empenyé sense violència però amb fermesa fins a l'interior.

Era un despatx de luxe. Els mobles, les catifes, els quadres de les parets, tot plegat denotava classe i diners. Al darrere d'una immensa taula, assegut en una butaca ergonòmica, hi havia un home que l'Òscar va trobar vagament familiar. Tenia uns cinquanta-cinc anys. Seixanta, pel cap alt. Era prim i tenia els cabells grisos, gairebé blancs als polsos. Vestia amb elegància i fumava un cigar quilomètric que va deixar recolzat al cendrer quan va entrar aquell que tothom pensava que era en Joan Quer.

—Passa, Johnny, passa i seu. T'estava esperant amb impaciència —va dir l'home, mentre li assenyalava una cadira, davant per davant de la seva taula.

L'Òscar s'assegué, sense deixar d'estudiar la fesomia d'aquell individu, i per fi el fregadís insistent de dues neurones va fer saltar l'espurna desitjada. És clar que el coneixia! No pas personalment, però l'havia vist moltes vegades fotografiat als diaris, i apareixia sovint al telenotícies. Era un polític, i no pas un de tants. Es tractava del líder a Catalunya d'un partit d'àmbit estatal, un partit conservador molt influent. I, si la seva memòria funcionava bé, també era un nom molt important del món de la banca. Devia encendre els cigars amb bitllets dels grossos i en lloc d'orina segurament pixava aigua de colònia. Què devia voler d'un desgraciat com en Johnny, un individu així?

Com si li hagués llegit els pensaments, l'home va dir:

—Et preguntaràs per què ets aquí. I per què m'he pres la molèstia d'alliberar-te de la policia tot fent servir un sistema que no es pot qualificar precisament de legal. És així?

L'Òscar va assentir, intrigat.

—Veuràs, Johnny. Fa temps que la teva existència m'amoïnava, però fins ara no m'havia resultat perillosa. I no puc permetre que algú de la teva mena em porti problemes.

A l'Òscar se li van disparar tots els senyals d'alarma. Aquell paio parlava educadament i sense alçar la veu, amb un somriure encantador als llavis. Però el que deia estava esdevenint amenaçador per moments. Quina mena de problemes li havia causat en Johnny? ¿Havia estat abans o després que l'Òscar *okupés* el seu cervell? Només podia fer una cosa: continuar escoltant.

—Tinc una filla molt tossuda, Johnny. Però què t'haig de

dir a tu! Tu la coneixes molt bé, la Cristina. Massa bé i tot, per al meu gust.

La Cristina! Aquell peix gros era el pare de la Cristina! És clar, ara recordava com es deia: Carbonell, Carles Carbonell. Les peces començaven per fi a encaixar.

—La mare de la Cristina no era de la meva classe, si em permets fer servir una expressió una mica passada de moda: potser hauria de dir que no era de la meva mateixa condició social. Era una bestiola salvatge que vaig trobar perduda en el carrer, com si diguéssim. Casar-me amb ella va ser la meva primera follia de joventut, i també la darrera. Bé, això de follia de joventut és una manera de parlar. Jo tenia gairebé quaranta anys quan la vaig conèixer i ella era una criatura de disset. Els meus diners i el meu món la van enlluernar d'entrada, però aviat se'n va cansar. Mai no es va trobar a gust en el meu ambient. Odiava les convencions socials, les obligacions de tota mena... Aquí podia tenir tot el que desitjava, però no vaig saber adonar-me a temps que aquesta casa era per a ella ni més ni menys que una gàbia d'or. Va anar llanguint a poc a poc —el record semblava resultar-li dolorós, a en Carbonell—, i la seva salut va anar-se degradant. Va morir en néixer la seva filla. Però en certa manera ha estat com si continués vivint a través d'ella... La Cristina n'ha heretat la bellesa, i també el caràcter. Sempre li ha agradat dur-me la contrària i ha estat prou espavilada fins ara per sortir-se sempre amb la seva. Quan va acabar l'ensenyament primari, jo volia que estudiés en un centre de categoria, abans d'anar a la universitat. I ella se les va empescar perquè la deixés anar a un institut de mala mort. I es va fer precisament amb el tipus de gent que jo menyspreava... Caps rapats, purrialla! La vostra pseudoideologia tant se li'n donava! El que ella volia era fer-me mal, potser perquè em considerava culpable de la mort de la seva mare, no ho sé pas...

L'Òscar estava parat. Per què li confessava les intimitats, aquell individu? Se sentia com un psiquiatre escoltant el seu pacient. I l'altre, que no callava:

—Després vaig assabentar-me que sortia amb tu i et vaig fer investigar discretament. No sabia si riure o plorar: la meva filla en braços d'un lladregot de cotxes, d'un atracador d'estar per casa, d'un neonazi sense cervell! Allò era com regalar-li un collaret de diamants a un porc.

L'Òscar va començar a sentir-se ofès... fins que va recordar que aquella descripció es referia a en Johnny i que ell, de fet, hi estava plenament d'acord. És clar que, això, no li ho podia dir, al seu interlocutor. Hauria cregut que estava més tarat, encara.

—Havia pensat parar-te els peus. Fer-te un advertiment que fins i tot tu hauries entès. No sé: pagar alguns homes perquè et trenquessin les cames o, encara millor, perquè et desfiguressin a ganivetades, vejam si llavors li feies tanta peça, a la Cristina. Però llavors va tenir lloc la vostra aventura a Tarragona. I me'n vaig assabentar massa tard. Fins aleshores, la Cristina es trobava amb vosaltres en aquell bar infecte, jugava a la noia del carrer anant amb moto amunt i avall amb tu, però mai no us havia acompanyat a una de les vostres *excursions*. Mai no havia agafat cap arma. Quan ho vaig saber, ja éreu de camí i no us podia fer interceptar.

Per fi l'Òscar va decidir obrir la boca:

—Vostè s'assabenta de moltes coses, pel que veig.

—No té cap mèrit. Els dos policies que t'han detingut treballen també per a mi. Així es fan un sobresou, pobrets. Per això he sabut puntualment quan et traslladaven i per on passaria el cotxe on anaves. Tornant als fets de Tarragona, sabien que en preparàveu alguna, però els mancava informació, i vosaltres us vau avançar. Què hi farem, ningú no és perfecte... Quan aquest matí a primera hora m'han trucat per fer-me saber que la meva filla estava implicada en un assassinat, per un moment he cregut que em tornava boig. Però si he arribat on sóc no és pas per haver perdut el control gaire sovint. De seguida he vist que el laberint tenia una sortida relativament fàcil de trobar...

—I és aquí on entro jo, oi?

—Exactament, Johnny, ets més intel·ligent del que em pensava. Llàstima que a hores d'ara ja no et servirà de res.

Una esgarrifança recorregué l'espinada de l'Òscar. Començava a veure on volia anar a parar el pare de la Cristina. I no li agradava gens.

—Els meus homes han fet una visita llampec als teus tres companys i els han estovat una mica. Resultat: han parlat amb una eloqüència envejable. Així han sabut que havies tingut un atac de mala consciència i que t'havies girat contra ells, i que la Cristina t'havia deixat estès a terra d'una ganivetada. Realment, aquesta noia té el caràcter de la seva mare.

¿Saps que una vegada la meva dona, en un atac de còlera, va intentar buidar-me un ull amb una forquilla, a l'hora de dinar?

—Així, ells sabien que jo sóc innocent?

–I és clar, que ho sabien! Si haguessis mort dessagnat, no hi hauria hagut cap problema. Però algú et va ajudar a temps. Segurament, algun moro o algun negre agraït... Bé, cap problema: els meus homes van convèncer els teus companys perquè declaressin el més convenient. I perquè oblidessin l'existència de la Cristina. Dels immigrants que la van veure i dels que et van ajudar, no me'n preocupo: ni ells aniran a veure la policia, ni la policia els anirà a buscar. Que tu confessessis l'assassinat era només una qüestió de temps i, llavors, el cas hauria quedat tancat.

—Així, per què ha muntat tot el numeret de l'alliberament?

—Abans t'he dit que no havia assolit la meva posició perdent els nervis. Doncs bé, he arribat on sóc també gràcies a una altra característica del meu caràcter: una desconfiança innata. No em refio de ningú. Sé que t'han amenaçat de mort perquè no esmentessis l'existència de la Cristina al jutge, però les reaccions de la gentussa com tu són imprevisibles. I, en tot cas, un cop a la presó, tothom té la temptació de xerrar més del compte, i hi ha cent orelles sempre a l'aguait... No, no podia arriscar-me deixant-te en mans de la policia. I menys ara. Perquè ara tinc l'ocasió de recuperar la meva filla, saps? Està horroritzada pel que va fer, és com si s'hagués despertat d'un malson. Porta hores tancada a la seva cambra, plorant. Plorant per la seva acció i plorant per tu. Quina manera de malgastar les llàgrimes, no trobes? Però aviat vindrà a mi, i trobarà els meus braços oberts. I sabrà per fi quin és el lloc que li pertoca.

—I el pare i la filla viuran feliços i menjaran anissos. Un autèntic conte de fades! —va dir l'Òscar amb ironia amarga.

El senyor Carbonell va somriure:

—Ja ho crec, Johnny, un autèntic conte de fades. Però en aquest conte hi ha un personatge que està de més, un personatge que ha de desaparèixer definitivament. ¿Endevines a qui em refereixo, Johnny?

Mentre pronunciava aquestes paraules, el pare de la Cristina va prémer un botó situat a l'angle superior de la taula. Immediatament, el lacai va entrar al despatx, seguit pels tres homes que havien dut a terme l'operació rescat. Duien armes i semblaven disposats a fer-les servir sense gaires problemes de consciència.

—Tanqueu-lo amb clau al pis de dalt. Quan es faci fosc, el dureu a fer un volt.

Llavors, en Carbonell es va adreçar a l'Òscar:

—Em sap greu, Johnny, però és l'única solució. T'explicaré el que passarà: et trobaran mort d'un tret en una fàbrica abandonada, als afores de Barcelona. Els homes que et van alliberar eren en realitat membres d'un grup violent antisistema que volien venjar-se de la destrucció del seu local per part de la teva colla, fa cosa de tres mesos. Bé, això és el que la policia dirà a la premsa. I tindran proves: per exemple, la furgoneta abandonada al costat de la fàbrica, amb prou indicis per orientar la investigació cap allà on ens interessi. Durant els pròxims dies, els teus tres companys cauran també assassinats, un per un. Quina llàstima, oi? Després, els meus dos policies dirigiran una brillant acció que els permetrà detenir els responsables de les vostres quatre morts. Són tres militants antiglobalització terriblement ingenus que tenim clissats fa temps. Malauradament, oposaran resistència quan els vagin a detenir i la policia es veurà obligada a pelar-los. Al seu pis, hi trobaran armes de tota mena, bombes lapa, còctels molotov... En fi, tot un arsenal preparat per a accions terroristes. L'opinió pública quedarà satisfeta i no exigirà més responsabilitats a ningú. És així com acaben els contes de fades que jo escric, Johnny.

En dir aquestes darreres paraules, en Carles Carbonell va fer girar la seva cadira, quedà d'esquena a l'Òscar i es va dedicar a mirar tranquil·lament per la finestra. L'afer estava resolt. Pel que a ell feia, era com si el noi ja fos mort: no mereixia ni una última mirada. Dos dels esbirros van agafar l'Òscar per les espatlles i el van obligar a sortir del despatx. El van dur al pis de sobre, van obrir una porta i el van projectar a dins. L'Òscar va caure amb el nas per davant. Abans de poder alçar-se, va sentir com la clau girava al pany. Es va llançar contra la porta i gairebé es destrossà l'espatlla: era blindada. Va girar-se: a la cambra no hi havia més que una finestra, protegida amb barrots d'allò més gruixuts. No hi havia cap moble, ni cap objecte que pogués fer les funcions d'arma. Desesperat, s'assegué a terra.

—Em sembla que aquest cop no me'n sortiré —va dir en veu baixa. I tot seguit, començà a plorar. Com un noi de tretze anys que es troba perdut, i enyora casa seva i la gent que estima. Ni més ni menys.

12

La segona fugida

L'Òscar ignorava quanta estona havia estat plorant. No sabia quina hora era (en Johnny no duia rellotge: potser no havia après a llegir-lo). El sol havia començat a declinar i les ombres començaven a envair l'habitació pam a pam. De sobte, sentí com la clau girava al pany i tot el seu cos s'enrigidí. Venien a buscar-lo per tal de dur-lo a fer el *volt* que li havia promès en Carbonell. I d'aquell volt no en sortiria viu. *Així doncs* —va pensar—, *és així com s'acaba tot.* La porta s'entreobrí i algú tragué el cap tímidament. Algú que tenia un rostre delicat i els cabells curts i negres. No era cap dels homes d'en Carbonell. L'Òscar va fer un bot.

Era la Cristina.

—Johnny, vine amb mi ara mateix i, pel que més vulguis, no facis soroll! —va dir en un murmuri.

L'Òscar no se'n sabia avenir, però va obeir. La Cristina el va agafar de la mà i va fer que la seguís, mentre li deia a cau d'orella:

—Hem de baixar per l'escala principal. A la planta baixa, passarem per davant del despatx del meu pare. La porta està tancada, cap problema. Els seus homes són a la saleta del costat, esperant l'hora de venir-te a buscar. Aquesta porta sí que és oberta, però fa uns moments, quan els he espiat, hi estaven situats si fa no fa d'esquena, mirant la televisió. Per arribar a la porta del carrer hem de passar necessàriament pel seu davant: si es giren, ja hem begut oli. Hi ha una porta secundària, però no en tinc la clau. Ja m'ha estat prou difícil trobar una còpia de la clau de l'habitació on t'havien tancat.

—I aquell criat que ens ha obert abans?

—Ha sortit. L'he enviat a fer un encàrrec a l'altra punta de Barcelona. Està acostumat als meus capricis i no ha sospitat que volia allunyar-lo d'aquí. Trigarà a tornar.

L'Òscar i la Cristina anaven davallant lentament els graons. Sentien, cada cop més properes, les veus provinents d'un televisor. Ara ja veien, allà baix, les portes del despatx i de la saleta —tancada i mig oberta, respectivament, com havia avançat la Cristina—. La porta principal ocupava el centre del pany de paret que feia angle recte amb l'anterior. En aquell moment, un dels homes va sortir de la saleta, en direcció a la cuina, que es trobava just al davant. L'Òscar i la Cristina es van immobilitzar i tots dos alhora van contenir la respiració. Van sentir el soroll de la nevera que s'obria i es tancava, i aviat l'esbirro va tornar a creuar el passadís en direcció a la saleta amb una cervesa a la mà. Els dos nois van respirar fondo i van continuar el descens.

Un cop a baix, van acostar-se, fregant la paret, a la porta del despatx i van passar per davant procurant no fer cap soroll. L'Òscar imaginava, darrere aquella porta, l'home que l'havia condemnat a mort. Devia estar llegint? ¿Consultant papers? Planejant accions polítiques o econòmiques? ¿O potser pensant en la seva filla, sense imaginar que en aquell mateix moment l'estava ajudant a fugir de casa seva?

Ara venia el moment més difícil. Calia passar per davant de la porta de la saleta jugant-s'ho tot a cara o creu, tot pregant perquè cap dels tres homes no es girés en aquell precís moment. La Cristina va mirar per la breu escletxa que hi havia entre la porta i el marc, entre frontissa i frontissa. Els homes, dos d'ells asseguts en un sofà i el tercer en una butaca, estaven mirant molt interessats un capítol d'una sèrie policíaca de l'any de la picor que una cadena de televisió havia recuperat recentment. Al seu davant, entre el televisor i les seves cames, hi havia una tauleta baixa de vidre. Al damunt, una ampolla de bourbon, dues de cervesa i tres gots. I un cendrer ple de burilles del tot o mig apagades. L'olor de tabac arribava perfectament fins als nassos dels nois. L'home que havia anat a la cuina va fer un glop de cervesa i digué, fitant la pantalla:

—La història és ingènua, però té gràcia.

El conductor va dir la seva:

—Quan era un nano, no em perdia ni un episodi d'aquesta sèrie. L'endemà, el representàvem amb els companys al col·legi, a l'hora del pati.

El tercer home es va estranyar:

—Tots havíeu vist el mateix programa?

—Home, Joan, estem parlant dels anys seixanta. Només hi havia una cadena de televisió.

—És veritat, que en sóc de ruc! Com deia la gent, fotent-se'n: «Televisió Espanyola, la millor d'Espanya!».

Tots van riure. I els records van començar a treure el nas:

—I del *Superagent 86*, que us en recordeu?

—Que no era una paròdia de James Bond?

—I tant! Es tractava d'un ruc integral, que tenia un telèfon ocult a la sabata.

—Sí, el *sabatòfon!* Amb el disc dels números a la sola. Per parlar, el paio s'havia de descalçar, marcar i posar-se el sabatot a l'orella.

La Cristina va pensar que aquell era el moment: els tres homes estaven engrescats en plena operació nostàlgica, explicant-se batalletes televisives de quan anaven a escola amb bata de ratlles i només pelaven la gent durant l'esbarjo, fent *pum!* amb la boca (els més moderns feien *bang!*) i amb pistoles de plàstic o amb el dit índex estès. Va lliscar en silenci per davant de la porta i, un cop a l'altra banda, va fer un senyal a l'Òscar perquè la seguís. El xicot va obeir, tot i que el cor li bategava tan fort que per un moment va arribar a creure que el podrien sentir des de la saleta. Però, després d'un segon etern, va arribar a l'altra banda sense dificultats: els tres homes no s'havien adonat de res i estaven engrescadíssims parlant ara de sèries més tardanes, com *Ironside*, *Els invasors* i *L'agent de CIPOL*, retalls d'una infantesa viscuda en blanc i negre, amanida amb olor de sofregit i embolcallada per la nit del franquisme.

Van arribar a la porta principal, la van obrir amb infinites precaucions i van sortir al jardí. Llavors feren una corredissa per la gespa, al costat del caminet de grava que duia a la sortida. Un cop al carrer, no van afluixar. Van resseguir la caserna del Bruc i van baixar fins a la Diagonal pel carrer de l'Alfambra. L'estació de metro de la Zona Universitària era a tocar. En arribar a l'andana, van trobar un tren a punt de marxa. Van saltar a l'interior quan ja es tancaven les portes i es van deixar caure en un seient, exhausts. Només llavors van respirar tranquils.

El vagó anava força buit. Ningú no seia al seu costat, podien parlar amb tranquil·litat. L'Òscar fou el primer a obrir foc:

—M'has salvat la vida. Tot i que ahir vas estar a punt d'acabar amb mi. ¿No t'han dit mai que ets una noia un pèl contradictòria?

—Mira qui parla de contradiccions! El racista adoctrinat que es juga la vida defensant els mateixos àrabs i negres que havia anat a apallissar!

—*Touché!* —va respondre l'Òscar, somrient.

—És estrany.

—Què és estrany?

—Tot plegat. La teva manera de parlar, de comportar-te. És com si no et conegués. Com si des d'ahir fossis una altra persona.

El terreny començava a resultar relliscós. Però l'Òscar no es va poder estar de preguntar:

—I t'agrado més així o el canvi ha estat a pitjor?

—M'agrades més així, i això és el que em fa por. ¿Saps, Johnny? Fins ara m'he comportat com una estúpida. Odiava el meu pare, tot el que representava. Em vaig acostar a en Goebbels i a la seva colla només per fastiguejar-lo.

—Pel que m'ha dit el teu pare, crec que ell n'és plenament conscient.

—I em vaig enganxar a tu per la mateixa raó. Eres l'últim que el meu pare hauria desitjat per a mi. Sentia tant d'odi a dins... Vaig creure que el meu lloc era entre aquells que feien de l'odi una forma de vida. Al llarg de tota la meva vida, una persona que detesto, cruel i hipòcrita, ha intentat criar-me ofegada en un gruix de cotó fluix, protegint-me del món exterior i de mi mateixa. He acumulat anys de ràbia i de rancúnia, i he arribat a creure que la violència era l'única manera d'expulsar aquests sentiments del meu interior si no volia acabar esclatant.

—Per això et vas afegir ahir a aquella maleïda expedició.

—Sí, i vaig fer coses terribles. Vaig ferir una pobra dona que només volia protegir el seu fill. Em faig fàstic.

—Tots fem coses terribles, un dia o un altre. Ser-ne conscients és un pas molt important, indispensable, per esdevenir millors.

—Quan vaig veure el teu comportament, no me'n sabia avenir. Creia que m'havies traït, quan en realitat era jo la traïdora cap a mi mateixa. Em vaig encegar. Aleshores et vaig veure allà, estès a terra, i em vaig adonar que havia estat jo qui t'havia clavat el ganivet... Va ser llavors que em va caure la bena dels ulls. Déu meu, creia que t'havia mort!

—Doncs ja ho veus, et vas equivocar. Em temo que hauràs de practicar força si vols fer-ho millor la propera vegada.

—Com te'n vas sortir?

—Algú em va portar a coll a casa d'un metge. Era una metgessa: una noia, algeriana, de la Cabília. Una persona fantàstica.

—No em sé avenir que siguis tu qui parla així.

—Doncs ja ho veus: tots tenim dret a canviar. I com se t'ha acudit treure'm les castanyes del foc, avui, i enfrontar-te al teu pare?

—Aquest matí he sentit com parlava per telèfon amb un dels policies que té comprats. He espiat la conversa a través d'un supletori i m'he assabentat que eres viu. He estat a punt de fer un crit d'alegria que m'hauria delatat! Però aviat m'he adonat que la teva *resurrecció* podia ser molt provisional. En sentir els seus plans he entès que hauries de passar algunes hores a la txeca, i he sabut el que havia de fer.

—La txeca?

—La cambra on t'han tancat. El pare l'anomena així. A l'inici de la guerra civil, les txeques eren centres de detenció i d'interrogatori creats per alguns partits i sindicats, al marge dels serveis policials de la República, saps? A la nostra txeca, hi van a parar creditors que deuen molts diners al pare o persones que poden resultar una amenaça per a ell. Alguns en surten camí de casa, després de signar xecs per quantitats molt importants, d'altres surten en direcció a la mort.

—Com era el meu cas.

La Cristina va assentir, amb un moviment de cap, abans de prosseguir:

—El pare té còpies de totes les claus de l'edifici en un

armariet, al seu despatx. Ell creu que, d'ençà que he tornat a casa aquesta matinada, no he sortit de la meva cambra. En realitat, he aprofitat una de les seves absències per prendre-li la còpia de la clau de la txeca. Després, es tractava d'esperar el moment oportú per fugir.

—I ara què penses fer?

—No ho sé. Qualsevol cosa menys tornar a aquella casa.

El metro s'acabava d'aturar a l'estació de plaça de Catalunya. L'Òscar i la Cristina van baixar-ne i van sortir a la Rambla, a uns metres de la font de Canaletes.

—Em moro de gana. Duus diners? —va preguntar l'Òscar.

—Sí, el pare té sempre calés en efectiu a diversos calaixos del seu escriptori. He pensat que la meva absència seria llarga, i he agafat uns quants bitllets. De fet, *bastants* bitllets.

—Ets una noia previsora. Bé: et permeto que em convidis a sopar.

La Cristina va somriure:

—És tot un honor que em tinguis tanta confiança.

—Amb la panxa plena, les coses es veuen de tota una altra manera. A l'hora de les postres, t'explicaré el que farem.

Els dos nois, agafats per la cintura, es van perdre entre la multitud, Rambla avall.

13

La confessió

La mitjanit ja era a tocar. L'Òscar i la Cristina s'havien mantingut lluny dels llocs que la noia freqüentava amb en Johnny —era segur que els estaven buscant i que pentinaven les seves zones de trobada habituals— i havien sopat discretament en un petit restaurant, al costat de la plaça de Sant Josep Oriol, en ple Barri Gòtic, a una distància prudencial de les finestres. Després, havien anat a prendre un cafè al Pastís, un bar molt petit del carrer de Santa Mònica, molt a prop del port. L'Òscar hi havia estat una vegada amb el seu pare, que era un enamorat de la cançó francesa de qualitat. Léo Ferré, Jacques Brel, Guy Béart, Barbara o Pierre Perret, eren noms que als seus companys d'institut, connectats a uns mitjans de comunicació que els bombardejaven dia i nit amb productes anglosaxons, bons —pocs— i dolents —molts—, no els deien res. A ell, en canvi, li resultaven molt familiars. Sabia una mica de francès, i havia après a apreciar la intel·ligència, la ironia i la força poètica dels seus textos. Al Pastís, només se sentia bona *chanson*, i en aquell moment Georges Brassens cantava, amb la seva veu greu i atemporal, Oncle

Archibald, la història d'un home que es deixa convèncer per la Mort dels avantatges d'estirar la pota i acaba anant-se'n de bracet amb ella, amb el cor alegre.

Durant el sopar, havien parlat de moltes coses. Per a la Cristina, era com si descobrís un nou Johnny. Un Johnny que ja no era simplement un tros de carn sense cervell al qual arrapar-se només per portar la contrària a un pare que menyspreava, sinó un noi sensible i amb sentit de l'humor. Un xic infantil, de vegades, però encantador. No se'n sabia avenir. Pel que fa a l'Òscar, havia renunciat a disfressar la seva personalitat. Una mica per cansament, però també per la vanitat de saber que era ell, l'Òscar Corbera, amagat dins d'aquell desagradable embolcall del qual potser no podria fugir mai, qui estava enlluernant la noia dels seus somnis, qui la feia riure, qui era capaç de despertar una tendresa fins llavors només latent al fons del seu esguard.

Ara, al Pastís, asseguts en una de les poques taules del local —la majoria de clients es premien enfilats als tambo-rets de la barra o al seu voltant—, l'Òscar agafava la mà de la Cristina i jugava en silenci amb els seus dits. Per fi, va atre-vir-se a parlar:

—Cristina, estic ficat fins al coll en un embolic terrible.

—Quina notícia! —va fer ella, amb un somriure.

—A més del que ja coneixes, vull dir.

—Espera, si no ho he entès malament, a més de ser empaitat per la policia, que t'acusa d'assassinat, i pel meu pare, que et vol matar, tens problemes que consideres enca-ra més greus. És això?

—Jo no ho hauria expressat millor.

—Ja em perdonaràs, però em temo que la meva imaginació és massa limitada. Què pot ser pitjor que el que t'està passant?

L'Òscar va dubtar. Li explicava la veritat? A la llum del dia, hauria trobat la idea absurda. En canvi, ara, de nit, en aquell ambient irreal, potenciat pels clients fumadors que creaven una subtil boirina al seu voltant, les confidències més boges podien resultar versemblants. Almenys així ho esperava. L'Òscar decidí jugar fort. La Cristina era l'única persona que el podia ajudar. Havia de creure'l, fos com fos. S'empassà saliva i digué:

—Has dit que no semblo el mateix Johnny de sempre, oi?

—El Johnny que coneixia era racista i no gaire intel·ligent. Parlava a batzegades i tenia una mirada molt més fosca. Suposo que tenies els teus motius per disfressar la teva personalitat, tot i que no arribo a imaginar-me'ls. En tot cas, vas enredar tothom, incloent-me a mi.

—No vaig enredar ningú. En Johnny era, és, així.

—Em sembla que no et segueixo.

—Et sona el nom d'Òscar Corbera?

—Espera... És clar, és un nano de segon. Em sembla que li agrado i no ho dissimula gens bé. Pobret, fa el ridícul cada vegada que se m'acosta. Intenta fer veure que coincidim per casualitat pels passadissos o a la cafeteria de l'escola, i només veure'm es posa vermell com un perdigot i no li surten dues paraules seguides.

L'Òscar es va sentir terriblement vexat, i a la fi va esclatar:

—Jo SÓC l'Òscar Corbera!

Ho va dir cridant. Els altres clients del local es van girar un moment, i després van continuar xerrant animadament entre ells. La Cristina romangué silenciosa un moment, abans de deixar anar l'únic monosíl·lab raonable en aquestes circumstàncies:

—Què?

I l'Òscar li ho va explicar tot: el descobriment casual del seu poder, la venjança contra el senyor Eladi, la gelosia que el va impulsar a *okupar* el cos d'en Johnny i a ficar-se en el caos on ara es trobava. La Cristina se'l mirava sense moure un múscul. Quan va acabar la seva explicació, va esperar uns segons i a la fi va dir:

—Johnny, estàs com un llum.

Es va aixecar d'una revolada i va sortir al carrer. L'Òscar va romandre immòbil i amb el cap cot, fitant la seva tassa de cafè, ja buida. Havia jugat i havia perdut. S'hauria d'espavilar tot sol. Va alçar-se, va pagar les consumicions amb les poques monedes que li quedaven, i va empènyer la porta del local. Al seu darrere, la veu de Brassens entonava "*Les lilas*", una cançó sobre amors trobats i perduts.

A fora, repenjada a la paret del davant d'aquell carrer estret i mal il·luminat, l'esperava la Cristina. El rostre de l'Òscar —bé, el rostre d'en Johnny— es va il·luminar. Féu un pas endavant, però ella l'aturà posant-li un dit amenaçador al pit, com si es tractés del canó d'una pistola.

—Que quedi clar: no m'empasso ni mitja paraula del que

m'has dit. Però en aquest afer hi ha massa coses que no acaben de lligar i no em quedaré tranquil·la fins que no en tregui l'entrellat. Per tant, t'ajudaré fins a aclarir aquesta situació, però, si et plau, no em prenguis per beneita. Encara no estic segura si ets un esquizofrènic i et creus de debò el rotllo que m'has explicat o si em vols prendre el pèl. Si es tracta d'això darrer, t'aviso: vés amb molt de compte!

—Et puc demostrar que parlava seriosament.

—Com?

—Primer m'has d'ajudar a localitzar el cos de l'Òscar.

—El seu cos?

La Cristina no havia anat a l'institut divendres al matí i, evidentment, no en sabia res, de la troballa que havia fet la dona de la neteja als lavabos. L'Òscar la posà al corrent de la situació.

—Estic convençut que no puc tornar al meu cos a causa de la distància a què es troba. Quan vaig ficar-me al cos d'en Johnny, us allunyàveu de l'institut amb moto, però no éreu encara a més de cent o cent cinquanta metres. Tot i així, vaig tenir dificultats per transferir-me... Haig de trobar el cos de l'Òscar, ser a prop seu, disposar d'uns moments per concentrar-me i tot tornarà a ser com abans.

La Cristina se'l mirava amb el posat de la persona gran i assenyada que demostra una paciència infinita davant del monòleg fantàstic d'un nen massa imaginatiu. L'Òscar continuà:

—Quan em van detenir, en Pau Piferrer estava a punt de dir-me on havien dut el meu cos. Si em presento a casa seva, els seus pares i ell em tancaran la porta als morros i trucaran a la policia. Has d'anar-hi tu.

—D'acord, però no pas ara. És gairebé la una de la matinada. Recorda que ens busquen. A tu, per partida doble. De dia, podem passar desapercebuts amb més facilitat.

—Però cada moment que passa fa que el perill sigui més gran!

—El perill més gran és que et trobi la policia o, encara pitjor, els homes del meu pare. Llavors sí que ho tindries clar. Hem de buscar un lloc per passar-hi la nit. Podem anar a un bon hotel, recorda que tinc diners.

—Oblida els hotels: tu ets menor d'edat. Jo... és a dir, en Johnny té divuit anys...

—Dinou —va intervenir ella, estranyada. ¿Era un error deliberat per part seva, un truc per convèncer-la d'aquella absurditat? O en realitat...? No, no podia ser. Va moure enèrgicament el cap, com si volgués foragitar aquella idea del seu interior.

—Té dinou anys —va corregir l'Òscar—, però potser la poli ha enviat la seva descripció o fins i tot la seva fotografia als hotels i als hostals de la ciutat. Recorda que està fitxat. En tot cas, no podem córrer aquest risc.

—I ja fa massa fred per anar a jeure damunt la gespa al parc de la Ciutadella. Què proposes? ¿Dormir en un caixer automàtic, com un parell de pòtols?

—Estaríem massa exposats a les mirades. Si els municipals ens desallotgessin, ens podrien reconèixer.

Havien creuat la Rambla, mentre parlaven, i ara enfilaven el carrer Ample. Un home va sortir en aquell moment d'un portal, just al seu davant, i va començar a caminar per la vorera, d'esquena a ells, una mica encongit i amb les mans a les butxaques. No va tancar la porta amb clau en marxar. Era una vella porta de ferro, d'aquelles que es van tancant soles, lentament, un cop les deixes obertes. L'Òscar va fer una correguda, i va posar el peu entre la porta i el marc en el darrer moment.

—Va, entrem, ràpid!

—Espera un moment! —La Cristina va treure uns quants cartrons d'un contenidor proper i els arrossegà fins a l'interior del portal.

Una estona després, s'arraulien l'un contra l'altre al buc de l'escala, tapats amb els cartrons. L'Òscar era al setè cel, amb el cos de la Cristina contra el seu, sentint la seva escalfor i amb el perfum dels seus cabells als narius, però es resistia a besar-la o a tocar-la més del compte. No pas amb unes mans i uns llavis que no eren els seus. La Cristina, entre badall i badall, no es va poder estar de dir:

—La filla d'un dels homes més importants del país, convertida en una vagabunda, en una sense sostre! Deu ser això, la justícia poètica. ¿No et recordo la protagonista de "Like a rolling stone"?

L'Òscar, cansadíssim, no estava gens al cas del repertori de Bob Dylan, però encara va tenir esma de dir la seva:

—El que és segur és que si ara et veiés el teu pare, tindria una embòlia!

—M'encanta la idea.

Trenta segons després, tots dos dormien profundament.

14

Parèntesi al cau del llop

Mentre l'Òscar i la Cristina, morts de cansament, es deixaven arrossegar cap a un son sense somnis, no tothom dormia a Barcelona. Ni de bon tros.

Els turistes de tardor s'inflaven la panxa amb cervesa i sangria barata a la plaça Reial o a qualsevol bar encara obert de la ciutat.

Moltes parelles passejaven abraçades. Algunes seien en bancs públics, parlant del futur —sense imaginar que els millors moments de la seva vida els estaven vivint potser en aquells precisos instants.

Un feix de policies avorrits patrullaven per places i carrers.

Unes quantes dotzenes de ionquis es foradaven la vena o aspiraven a fer-ho al més aviat possible.

Molta gent sense casa ni diners buscava un racó on passar la nit.

A les cases, persones tristes i solitàries es narcotitzaven amb la tele o es deixaven endur pels records. D'altres parlaven amicalment, discutien agrament, feien l'amor amb il·lusió o per pura rutina.

Algun home apallissava la seva dona.

Algun altre home maleïa el cel i l'infern a causa d'un sobtat mal de queixal.

De fet, és força probable, si ens refiem de les estadístiques, que s'estigués cometent un assassinat en aquell mateix instant.

Alguns escriptors —periodistes, novel·listes, poetes— creaven allò que els altres, si tot anava bé, llegirien més tard.

Etcètera, etcètera.

I a la mansió d'en Carles Carbonell tampoc no dormia ningú.

Al despatx, que ja coneixem, tenia lloc una reunió més aviat tensa, presidida pel pare de la Cristina. Hi assistien els seus tres esbirros particulars i els dos policies —l'alt i el baixet— que tenia en nòmina, i que portava agafats pel nas amb una cadena daurada.

Era una reunió farcida de crits i amenaces, i puntuada d'excuses diverses i frases en condicional:

—Si vostè no hagués muntat aquesta estúpida operació de pel·lícula americana, si s'hagués quedat tranquil i sense moure un dit, si ens hagués deixat fer, dilluns hauríem tingut la confessió d'en Johnny, i hauria estat molt fàcil eliminar-lo després, un cop ja hagués ingressat a la presó —el policia anomenat Paco estava prou esverat per atrevir-se a alçar la veu al seu patró.

En Carbonell, però, no va reaccionar violentament. Com sabem, era un home habituat a controlar la situació:

—No serveix de res lamentar-se pel que hauria pogut ser

i no ha estat. És una pèrdua de temps i d'energia. Pensem què cal fer a partir d'ara. Espero que tothom actuarà de manera responsable, sobretot una colla d'incompetents capaços de deixar fugir un cretí nafrat davant dels seus nassos!

Els seus homes miraven a terra, avergonyits. Un d'ells va gosar intervenir, amb un rampell geniüt:

—Si la seva filla no hagués aconseguit la clau de la txeca, ja hauríem eliminat en Johnny!

—D'acord, d'acord! Tots tenim la nostra part de culpa. Deixem estar les acusacions mútues i anem per feina. Hem de recuperar discretament la Cristina i acabar amb aquell capsigrany. Les vostres recerques, de moment, no han donat resultat: no han anat ni a casa del noi ni a cap dels seus llocs habituals, cosa lògica d'altra banda. Tampoc no s'han inscrit a cap hotel, a hores d'ara. Potser ja són fora de la ciutat, tot i que tenim les estacions vigilades. Cal posar més homes a treballar, tant a Barcelona com a les viles dels voltants.

—La policia ja ha preparat una ordre de recerca i captura referida a en Johnny —va dir el policia baixet—. Llàstima que no tinguem cap idea clara de quins han estat els seus moviments.

El seu company va intervenir:

—Ara que hi penso: quan el vam detenir, li estava demanant alguna cosa a aquell xicot de tretze o catorze anys que havia atacat enmig del carrer.

—Tens raó. Li preguntava a crits on havien dut un tal

Òscar. Semblava que li era molt urgent aconseguir aquesta informació. És possible que es torni a posar en contacte amb aquell noi, no trobes? Per cert, com es deia?

—Li vas demanar les dades personals, perquè tingués la impressió d'una detenció normal, dins de la legalitat. ¿Les conserves?

—I és clar que sí —el policia baixet es va regirar les butxaques fins que en va treure un tros de paper tot rebregat—. Es diu Pau Piferrer, i viu al número 10 bis del carrer de Rabassa. També tinc el seu número de telèfon.

En Carles Carbonell va intervenir:

—Deixeu córrer el número de telèfon. Crec que és urgent que li feu una visita personal, a aquest xicot. Ara mateix. I vosaltres —digué, referint-se als seus homes— continueu buscant. Espero tenir resultats tangibles durant les properes hores. Què espereu? Foteu tots el camp d'aquí.

Un cop sol, en Carles Carbonell se serví un bourbon i s'assegué en una butaca, al costat d'una enorme llar de foc apagada. Se sentia vell i cansat. Era un home poderós, però estava sol. El temien, però ningú no se l'estimava. Ni tan sols la seva pròpia filla.

—L'he de recuperar —va murmurar entre dents—. L'he de recuperar sigui com sigui. —Va prémer amb tanta força el got que li va petar entre els dits. El bourbon i unes gotes de sang es van barrejar damunt la caríssima catifa.

15

A la recerca del cos perdut

I va arribar el matí del dissabte. A les vuit, l'Òscar i la Cristina encara dormien. Una velleta que baixava l'escala per anar a comprar el pa els despertà sense contemplacions i els va amenaçar de cridar els municipals si no sortien d'allà immediatament.

Van tornar a llençar els cartrons al contenidor i van entrar en un bar per esmorzar i per tal de rentar-se per torns al lavabo. Ja més eixerits, i davant d'un parell de croissants i les seves corresponents tasses de cafè, van estudiar la jugada:

—El carrer de Rabassa és a Gràcia —va explicar l'Òscar—. Agafarem el metro aquí al costat, a Drassanes, i baixarem a Fontana. Haurem de caminar uns minuts fins a la plaça de Rovira i ja hi serem a tocar.

—El trobarem a casa, aquest tal Piferrer?

—Un dissabte al matí? Segur. És quan prepara els treballs de la setmana següent. Es lleva a les vuit del matí, esmorza i penca fins a migdia. Sembla un rellotge.

—Deu ser molt animat i simpàtic.

—Com un tros de fusta. Això sí, treu molt bones notes. Tot i que això no el fa més popular entre la resta de la classe.

La Cristina dubtava. Com podia en Johnny saber tantes coses de la vida acadèmica i privada d'un noi de segon d'ESO? Realment, parlava com si es cregués realment la història de ciència-ficció que li havia volgut fer empassar la nit abans. Va voler deixar de donar voltes a aquells pensaments pertorbadors entrant en acció:

—Doncs va, posem-nos en camí. Quan hi arribem, hi entraré jo sola. Tal com vas dir, si et veu a tu s'espantarà. ¿Hi ha algun bar, a prop de casa seva?

—Crec recordar que a la plaça de Rovira n'hi ha un parell.

—Doncs t'esperaràs amagat en el que estigui més a prop de Rabassa. Jo miraré de fer tanta via com pugui.

Una estona després, l'Òscar i la Cristina baixaven del metro a la parada de Fontana, enfilaven Astúries, giraven pel Torrent de l'Olla a mà esquerra fins a Viada i continuaven tot dret. Quan el carrer de Viada canviava de nom i esdevenia Providència, l'Òscar va dir:

—Ja hi som. Aquells arbres d'allà baix són els de la plaça de Rovira. El carrer de Rabassa comença just a mà esquerra.

Cinc minuts després, la Cristina Carbonell pujava sola al segon pis del número 10 bis del carrer de Rabassa i trucava amb decisió. Va obrir la porta una dona de mitjana edat, amb ulleres de cul de got, i la Cristina, exhibint el seu millor somriure de col·legiala ingènua, li va demanar si podia veure el seu fill.

—Pauet! —va cridar la dona—. Et demanen! —i va desaparèixer, engolida per la cuina.

Uns segons després, va arribar en Pau. Estava pàl·lid i ullerós, i no semblava gens tranquil. No la va convidar a passar.

—Potser em coneixes. Em dic Cristina Carbonell. Anem al mateix institut, però a cursos diferents.

—Et tinc vista. Què vols?

No m'estranya que no siguis gens popular, nano! —va pensar la Cristina, profundament disgustada. Però va continuar parlant amb tota l'amabilitat del món:

—Veuràs, divendres no em trobava bé i no vaig poder anar a classe. I he sentit rumors que l'Òscar Corbera, de segon, s'ha posat malalt, i que la cosa és greu. M'agradaria poder-lo visitar, però no sé on l'han dut. I com que tu i ell sou amics he pensat que potser...

—El coneixes, l'Òscar?

—Sí, de vegades ens hem trobat fora d'hores de classe —va mentir—. Tenim algunes aficions comunes.

—Quines?

Allò era un maleït interrogatori. El cervell de la Cristina va posar-se a funcionar a cent per hora. La nit abans, mentre sopaven, en Johnny li havia parlat, posant-se en la pell de l'Òscar, de les seves aficions, aficions que el Johnny que coneixia no podia tenir de cap de les maneres. Per exemple...

—Els còmics. Però res de mangues japonesos ni de superherois americans. A tots dos ens agrada el còmic europeu: Gotlib, Fred, Max, Hugo Pratt —ella no en sabia gens, de còmics, i la llista de dibuixants que li havia recitat en

Johnny era interminable, però havia aconseguit retenir alguns noms—. Intercanviem àlbums i...

En Pau la va fer callar amb un gest. Es veia d'una hora lluny que considerava el còmic com una pèrdua de temps.

—És a l'Hospital General, no sé pas a quina planta. Allà t'ho diran.

Tancà la porta abans que la Cristina tingués temps de donar-li les gràcies. *Quin paio més antipàtic* —pensà la noia, i començà a baixar els graons. En Pau, en lloc de tornar immediatament als seus importantíssims treballs escolars, la va observar per l'espiell. Quan va estar segur que havia marxat, agafà el telèfon del rebedor i marcà un número que havia apuntat just al costat. Quan despenjaren va dir, atropelladament:

—Inspector, sóc en Pau Piferrer.

—...

—Sí, han estat aquí, i crec que van cap a l'hospital ara mateix.

El policia baixet va penjar amb cara de satisfacció i féu ell mateix una trucada a un número de telèfon mòbil:

—Carbonell, sóc jo. Confirmat: els dos ocellets aniran cap al parany.

—Perfecte. En Paco i tu aneu-hi també. Jo ja hi sóc i us espero. Sobretot, no vull veure ni un sol policia uniformat. No hem de córrer el risc que el detinguin abans no li posem les mans a sobre. I la Cristina ha de quedar al marge de tot aquest assumpte, ja ho sabeu.

Parlant de la Cristina, la noia havia fet servir un truc més vell que l'anar a peu: havia baixat uns quants graons i, un cop fora de l'abast visual de l'espiell, s'havia aturat, i havia continuat fent passes audibles, però cada cop més fluixes, sense moure's de lloc. Després, va tornar a pujar a corre-cuita i en silenci. No es refiava d'aquell Pau Piferrer: no li agradava ni gens ni mica, i el seu comportament no li havia semblat gens natural. S'havia fixat en el telèfon del rebedor i tenia un pressentiment que necessitava comprovar. Va parar l'orella a la porta —fullola pura— i va sentir nítidament les paraules d'en Pau: el seu grau d'excitació era tan gran que parlava gairebé a crits. Quan va adonar-se que penjava, marxà de bo de bo.

En entrar al bar on l'esperava el seu company, anà directament al gra:

—Tinc una notícia bona i una de dolenta.

—Endavant!

—La bona és que ja sé on és l'Òscar: l'han ingressat a l'Hospital General de Catalunya.

L'Òscar respirà profundament en sentir això.

—I la dolenta?

—Que ens hi estan esperant. Ens han parat una trampa amb la col·laboració del teu estimat company de classe. Si hi anem, ens caçaran com rates.

L'Òscar romangué amb el cap cot, pensarós. Continuant amb la comparació que havia fet servir la Cristina, era ben bé un ratolí que planejava la manera de fer-se amb el formatge sense deixar-se aixafar per la ratera.

Quan alçà el cap, els ulls li brillaven d'una manera estranya:

—Així que el meu cos és a l'Hospital General —va dir—. Molt bé. T'explicaré el que farem. Però primer hem de trobar una guia telefònica de Tarragona.

La Cristina va posar cara de no entendre res, però reaccionà tot seguit:

—Potser haurem d'anar a una oficina de la companyia telefònica.

—Som-hi, doncs. Espero que no hi hagi gaires Sanderloued, a Tarragona.

—Sembla poc probable —digué la Cristina, cada cop més intrigada.

—Si és així, tot anirà bé. Va, que és tard i vol ploure.

L'Òscar es va alçar enèrgicament i va sortir al carrer. La Cristina va sospirar. *És absolutament estúpid el que em passa, però començo a creure-me'l* —va pensar—. *Potser jo també m'he tornat boja. En fi, hi ha tants guillats al món que suposo que ja no ve d'un.* Tot seguit, es va arronsar d'espatlles amb resignació i el va seguir.

16

UN PACIENT MOLT ESPECIAL

Eren les quatre de la tarda. En Carles Carbonell havia estat fins aleshores a la cafeteria de l'Hospital General, esperant com un tigre engabiat uns esdeveniments que trigaven massa a produir-se. Fet un sac de nervis, acabava d'aixecar-se amb la intenció de caminar una estona amunt i avall. Els seus tres homes habituals, més dos de reforç —sense oblidar els dos policies—, vigilaven les entrades de l'edifici i feien rondes per les dues primeres plantes.

Un dels esbirros, camuflat rere un diari obert, va alçar els ulls quan va entrar una doctora molt jove i atractiva de trets àrabs o berbers i la va estudiar uns segons amb la mirada. L'acompanyava una infermera rossa que duia ulleres fosques i empenyia una cadira de rodes on seia un pacient que devia haver patit cremades greus: li havien embenat tot el cap —amb prou feines se li veien els ulls— i també les mans. Duia el cos cobert per una manta. *Pobre home!* —va pensar el vigilant, mentre tornava a espiar pacientment la porta d'entrada.

La doctora va deixar un moment els seus acompanyants en un racó i es dirigí cap al taulell d'informació. Aviat tornà amb passes ràpides, però no pas precipitades. Parlà en veu baixa:

—L'he localitzat. És a la segona planta. Habitació 213.

La veu que va sortir de sota de les benes era la d'en Johnny, i era l'Òscar qui la feia servir:

—Gràcies, Zina. No sé com ens ho hauríem fet, sense tu.

—I jo no sé com m'he deixat convèncer per participar en aquesta bogeria. Quan m'heu telefonat, de primer he cregut que em volíeu prendre el pèl. Mira que fer-me entaforar una cadira de rodes i un quilòmetre de benes al cotxe i fer-me venir de Tarragona a corre-cuita!

—Ets un sol, Zina, un sol africà, que és el que més escalfa —va dir l'Òscar.

I la dona no va poder sinó somriure:

—I tu ets una persona sorprenent. M'havies deixat intrigada quan vas desaparèixer d'aquella manera tan sobtada i comprendràs que no em volia perdre el desenllaç d'aquesta història. Sóc curiosa de mena, jo, i m'encanten els misteris.

Camuflada amb la perruca, les ulleres i la bata blanca d'infermera, la Cristina mirava discretament al seu voltant:

—Quan deixeu de llançar-vos floretes, escolteu-me. De moment ja he clissat tres dels individus que ens deuen estar buscant. No sembla que s'hagin fixat en nosaltres, però el millor serà anar per feina.

Dit i fet: va tornar a empènyer la cadira en direcció als ascensors. Mentrestant, l'Òscar intentava concentrar-se i tornar a entrar en el seu cos. No hi havia manera. Probablement les parets tenien material aïllant, i hi havia massa instrumental mèdic en funcionament: les ones produïen interferències, com havia passat amb l'home del telèfon mòbil. Almenys esperava que el motiu fos un d'aquests, no volia ni plantejar-se la possibilitat que el seu poder hagués decidit prendre's unes vacances indefinides. En tot cas, s'hauria d'esperar fins a arribar a la cambra i trobar-se en presència d'ell mateix, per fer un nou intent. La veritat és que començava a trobar-se a faltar.

Esperaven l'ascensor. Les llumetes dels números indicaven que era a la quarta planta i anava baixant. Tercera. Que n'era de lenta, aquella andròmina! Segona. Primera. Planta baixa, per fi.

Les portes es van obrir i es van trobar de cara amb en Carles Carbonell. L'ensurt de l'Òscar no va ser evident, a causa de les benes. La Cristina va dissimular el seu com va poder. La Zina no coneixia el pare de la noia i, per tant, no es va immutar.

El senyor Carbonell pràcticament ni se'ls va mirar. Va passar pel seu costat, fregant la Cristina, i es va dirigir al policia alt, el que anomenaven Paco, que muntava guàrdia al taulell de recepció. Li va dir algunes paraules i, tot seguit, en Paco va fer quatre gambades fins a l'ascensor i hi entrà en el moment precís que les portes es tancaven. Va prémer el botó de la segona planta. La Cristina no es va voler arriscar i va prémer el de la quarta.

Pujaven tots quatre en silenci. L'ambient era tan dens que es podia mastegar. Afortunadament, el policia semblava perdut en els seus pensaments i no es fixava en ells. Tots estaven immòbils, llevat de la Cristina, que es fregava nerviosament el nas amb l'índex de la mà dreta. En arribar al seu destí, en Paco va sortir sense dir adéu. Els tres amics van respirar alleujats, però aviat van tornar a amoïnar-se mentre l'ascensor continuava pujant.

—És evident que l'habitació de l'Òscar està vigilada —va comentar la Cristina. Potser aquest guripa ha anat a rellevar el seu company o un dels homes del meu pare, o a afegir-s'hi.

La Zina va rumiar-s'ho uns instants abans de prendre una decisió, just quan l'ascensor tornava a aturar-se. Va empènyer literalment a fora els seus companys, tot dient-los:

—Us esperareu passejant pel passadís d'aquesta planta, com un malalt i una infermera qualssevol. A mi no em coneixen, els d'aquella colla: em serà més fàcil anar a fer un cop d'ull discret a l'habitació de l'Òscar. Torno de seguida.

Les portes de l'ascensor van tornar a tancar-se immediatament. L'Òscar i la Cristina van començar a anar amunt i avall amb parsimònia.

—Així que és aquest l'àngel de la guarda que et va salvar del meu rampell criminal —va dir la Cristina.

—Ja ho pots ben dir, que és un àngel. Ara m'està traient les castanyes del foc per segona vegada.

—És clar, jo no he fet res, inútil de mi! —va replicar la Cristina, un pèl gelosa.

—I ara! És clar que ets útil. Empenys aquesta cadira com una professional.

—Si continues fent aquesta mena de gracietes, t'hauran d'embenar de debò.

Aquell joc de ping-pong verbal va continuar encara un parell de minuts. Era una manera com una altra d'exorcitzar el nerviosisme i la por que tots dos sentien, i n'eren plenament conscients. Per fi, la Zina va tornar. Pujava per l'escala, aquest cop.

—Tal com la Cristina es pensava, el poli que hem vist ha rellevat un altre home. Quan passava pel seu costat, he sentit que li deia que se n'anés a fer un cafè i que després s'ocupés del rebedor. En acabar de parlar, s'ha assegut en una cadira del passadís, a pocs metres de la 213.

—Hi ha algú, a l'habitació? A més de l'Òscar, vull dir? —va preguntar la Cristina.

—Un home, una dona i una noia d'uns vint anys.

—Els meus pares i la meva germana —va dir l'Òscar, mentre la Zina i la Cristina creuaven una mirada plena d'interrogants—. Cal jugar-nos-la. Un cop pugui arribar a la porta de la cambra, tot estarà resolt.

—Un moment! —va dir la Cristina—. Imaginem per un moment, només per un moment, que no ets boig ni ens prens el pèl, que tens raó i que la teva ment es fica al cos de l'Òscar Corbera. Què passa amb en Johnny?

—Tornarà a ser ell mateix i no recordarà res des del moment que vaig *okupar* el seu cervell. Només heu de continuar caminant com si res i el traieu de l'edifici. Aneu a Tarragona, a casa de la Zina. Jo em posaré en contacte amb vosaltres així que pugui.

La Cristina va protestar:

—Caminant com si res! Ha! Imagina't que vas amb moto

i de sobte et trobes en un passadís d'hospital, convertit en una mòmia. Et quedaries calladet? No, senyor: muntaries un escàndol de ca l'ample. Res que ens ajudi a passar desapercebuts, en tot cas.

La Zina va intervenir:

—Tot i que em costa empassar-me aquest sopar de duro, he vingut preparada per a aquesta eventualitat. Duc a la butxaca de la bata una xeringa amb un calmant molt potent. Si m'adono que el nostre amic aquí present s'esvera més del compte, l'enviaré en un tres i no res a una altra dimensió, almenys durant mitja hora.

—Penses en tot, Zina —va dir l'Òscar amb admiració, sense adonar-se del rebuf de la Cristina.

—És la meva feina, Johnny —va replicar, com si fos una mena de Calamity Jane sortida d'un western de sèrie B.

Tots tres van riure a cor què vols. La Zina, però, va prendre aviat la iniciativa:

—Vinga, noiets, baixem a la segona planta. Ha arribat l'hora de la veritat!

Quan l'ascensor es va aturar, tots van respirar fondo i van sortir al passadís, que tenia uns vint metres de llarg. La cambra de l'Òscar era al fons a mà esquerra. Una mica abans de la porta de la 213, en Paco seia en una cadira, amb una revista i un bolígraf a les mans. Van començar a avançar, ni massa lentament ni massa de pressa. El recorregut no era gaire llarg, però els semblava etern. En aquell moment, tres persones van sortir de la cambra on es dirigien i uns segons després van passar pel seu costat. L'Òscar no va poder evitar un pinçament al cor.

Era la seva família. Va poder sentir com el seu pare li deia a la mare:

—El doctor té raó. Aquí no hi podem fer res. Hem de mirar de descansar una mica i tornarem demà de bon matí.

La mare plorava en silenci, mentre la Carme li agafava el braç i recolzava el cap a la seva espatlla. L'Òscar va estar temptat de cridar-los, però va adonar-se a temps que hauria estat una solemne bestiesa. Uns segons després, tots tres entraven a l'ascensor i les portes es tancaven.

Per fi van passar per davant d'en Paco. Si el policia els havia vist, no els devia haver considerat interessants. La revista era de mots encreuats, i l'home semblava molt concentrat en els seus quadrets blancs i negres i les seves definicions.

En arribar a la porta que buscaven, l'Òscar va fer girar la cadira de rodes i hi va entrar. El seu cos jeia al seu davant, panxa enlaire, com una carcassa buida, cobert amb un llençol fins al pit. *Fas molt mala cara, nano!* —es va dir.

No va tenir temps de dir-se res més. La Zina i la Cristina, que eren a l'entrada, van ser projectades d'una empenta sobre la seva cadira de rodes. El policia, amb una pistola a la mà dreta, va ficar-se al seu torn dins de l'habitació. Llavors, en va tancar la porta i, sense deixar d'apuntar-los, va anar girant fins a situar-se d'esquena al llit i de cara als tres amics, que van romandre muts.

—A l'ascensor tenia encara els meus dubtes, però ara n'estic segur. Bon dia, Cristina!

D'un parell de manotades d'allò més enèrgiques, va fer saltar la perruca rossa i les ulleres fosques de la noia, que el va fitar amb odi i menyspreu, mentre es fregava neguitosament el nas.

—Fa alguns anys que et conec, menuda. I el moviment que estàs fent en aquest moment és un tic que se't dispara matemàticament quan estàs nerviosa.

La Cristina va aturar el seu gest, sorpresa. En Paco va riure.

—No em diguis que no te n'havies adonat? Sí, és clar, aquell qui té un tic sol ser l'últim a ser-ne conscient... De tota manera, no em podia arriscar a arrencar-te la perruca a l'ascensor. Imagina't que m'hagués equivocat: sóc molt vulnerable al ridícul. Però en veure com fèieu el borinot pels voltants d'aquesta cambra ja no he tingut cap dubte de qui éreu. Sobretot, no us mogueu ni un centímetre d'on sou. Aquesta joguina es dispara amb molta facilitat i fa molt poc soroll. Segurament ningú no se n'adonaria.

—Què vols de nosaltres? —va dir la Zina.

—Tu deus ser la bona samaritana que va ajudar el nostre amic quan estava ferit, oi? Tranquil, Johnny, no t'esveris —el noi havia començat a agitar-se frenèticament a la seva cadira de rodes— i no tinguis la idea estúpida d'aixecar-te. Fas molt de goig, aquí assegut.

Va continuar, adreçant-se a la Zina:

—Està molt bé, que hagis vingut. Veuràs, ara ens passaran a buscar —va prémer el botó d'un intercomunicador—, i després organitzarem una nova representació teatral, ja que la primera no va acabar de funcionar per culpa d'aquesta noieta tan espavilada. Oi, Cristina? Tornarem a Tarragona, on aquest malagraït d'en Johnny —ja se sap com són els caps rapats— tornarà al teu consultori amb la idea de robar-te. El descobriràs *in fraganti* i et matarà amb una pistola ben empastifada amb les seves empremtes digitals. Després, l'assassí serà abatut per la policia en intentar fugir. Tot ben net i ben clar. La Cristina tornarà amb el seu pare: em sembla que et té preparat un tractament psiquiàtric molt interessant. En tot cas, no m'agradaria ser dins de la teva pell, odio les pastilletes de coloraines i les injeccions. I tu, ¿vols parar quiet d'una vegada?

El nerviosisme del noi havia arribat al seu punt àlgid. Tremolava convulsivament, i havia començat a proferir crits inarticulats. En Paco va avançar cap a ell, tot agafant la pistola pel canó.

—Sempre has estat un covard, Johnny. Em sembla que t'anirà bé fer una dormideta. Si et faig una mica de mal, no t'amoïnis: veig que ja t'han embenat a l'avançada.

Va alçar l'arma, disposat a colpejar-lo al cap amb la crossa.

Però va ser ell qui va caure a terra sense sentits.

No havia vist que, al seu darrere, l'Òscar —l'autèntic, el genuí— acabava d'alçar-se del llit. S'havia arrencat agulles i sondes i li havia clavat una garrotada contundent amb una de les crosses que els metges havien deixat al seu abast per ajudar-lo a caminar en cas que es despertés més tard que no pas d'hora i les cames li fessin figa.

—Hola, noies! —va dir tot content, alhora que s'adonava que estava tan nu com un cuc. La seva roba era damunt d'una cadira veïna. Començà a vestir-se d'una revolada, vermell com un tomàquet.

—Així que tot el que ens havies explicat era veritat! —la Cristina no se'n sabia avenir.

—Mentre en Paco xerrava pels descosits, he pogut concentrar-me prou per tornar *a casa*. Quan el pobre Johnny s'ha trobat de sobte en aquesta situació s'ha esverat de mala manera i, sense voler-ho, m'ha ajudat a moure'm sense ser vist.

En Johnny continuava xisclant i mirant de dreta a esquerra sense comprendre res del que passava al seu voltant. La Zina va intervenir, molt neguitosa:

—Us recordo que el Bell Dorment que jeu als nostres peus ha premut un maleït botonet abans de caure. Hem de sortir d'aquí abans no sigui massa tard.

—Ja és massa tard!

Tots es van girar. Era en Carles Carbonell qui havia parlat. L'escortaven tots els seus homes. Una infermera, tot passant, els va avisar que el nombre de visitants era limitat. El policia baixet la va tranquil·litzar:

—Som una família molt nombrosa.

La infermera va seguir el seu camí, passadís enllà, amb un somriure comprensiu. Un cop el testimoni va haver desaparegut, la Cristina es va enfrontar amb decisió a en Carbonell:

—Pare, no tornaré amb tu mai de la vida, i no deixaré que facis mal als meus amics.

—No cal que t'esveris, Cristina. No us faré cap mal. De

fet, he estat meditant, nois, i crec que el millor que podem fer es deixar viure en Johnny.

Un murmuri d'incomprensió va recórrer la seva escorta. En Carles Carbonell s'hi va adreçar imperiosament:

—Vosaltres, torneu a casa!

—Però, patró...

—He dit que torneu a casa. Immediatament! I tu —li va dir al policia baixet—, t'esperes que es desperti el tòtil del teu company i llavors tots dos porteu en Johnny a comissaria. També prendreu declaració a la doctora. Crec que el que us dirà serà suficient per exculpar aquest carallot.

La Cristina no s'ho podia creure. ¿Aquell qui parlava era el seu pare? Semblava impossible. De sobte, veié com li picava l'ullet amb discreció. Es girà i ho va comprendre tot: l'Òscar tornava a estar immòbil, en posició horitzontal, damunt del llit. Aquell remaleït fenomen de fira havia *okupat* la ment del pare! L'Òscar continuava parlant amb la veu d'en Carbonell:

—Haurà de respondre d'agressions, és clar, així com els seus companys, que, fixeu-vos bé en el que us dic, hauran de ser vius i ben vius a l'hora de presentar-se davant del jutge. Tant en Goebbels com en Videla i en Mussolini portaven armes contundents capaces de causar hemorràgies internes. Haureu de dur a terme una investigació seriosa, com a autèntics policies, i esbrinar qui va ser el responsable directe de l'assassinat.

—Així doncs... —el policia s'eixugava la suor, desconcertat.

—Així doncs, tot el pla anterior queda anul·lat. ¿Ho has entès?

—S... sí, és clar que sí —va respondre, absolutament superat pels esdeveniments—. Però, i la seva filla? Què passa, amb la Cristina, a efectes legals?

L'Òscar va quedar-se mut. La Cristina havia participat en l'acció, havia ferit una dona i l'havia ferit a ell mateix (bé, qui duia la ferida ara era en Johnny, és clar). ¿Podia actuar com actuaria en Carbonell? ¿Podia amagar la participació de la noia que estimava en unes accions execrables? Fou la mateixa Cristina qui desféu el nus:

—D'aquí a una estona aniré jo també a comissaria i confessaré la meva participació en els fets de la nit passada.

El seu *pare* l'observà amb els ulls molt oberts, sense saber què dir. La noia prosseguí, mirant-se'l de fit a fit:

—No tinc antecedents i expressaré un penediment sincer. No crec que la sentència sigui gaire severa.

—Però...

—No hi ha peròs, *pare* —va somriure en pronunciar aquest mot—. No podria mirar-me al mirall mai més si no actués així. Ja no sóc l'estúpida filla de papà que va a la recerca de noves sensacions. Haig de prendre les regnes de la meva vida, i això implica unes certes responsabilitats.

La Zina va intervenir:

—Hi estic d'acord, menuda. I crec que la meva declaració pot ajudar-te. Tot anirà bé.

En Paco començava a refer-se del cop. El seu company el va ajudar a alçar-se i tots dos van sortir de l'habitació en direcció a comissaria, empenyent la cadira de rodes d'en Johnny, que no deixava de cridar: «On sóc?» i «Què ha passat?», i acompanyats per la Zina, que preparava la xeringa, cansada d'aquella cantarella. Mentre anaven pel passadís, en Paco anava preguntant de manera obsessiva:

—Qui m'ha pegat? Però qui m'ha pegat?

—I ara què en fem, del meu pare? —va dir la Cristina un cop tothom va haver deixat l'habitació.

—Espera't aquí. Fes-me companyia una estona. Bé, fes-li companyia al meu cos, vull dir. I millor que li tornis a treure la roba, si no vols que alguna infermera es quedi veient visions. Torno de seguida.

L'Òscar li va fer un petó *paternal* al front i va sortir disparat. La Cristina va despullar el cos del seu amic, agafà una cadira i s'assegué al costat del llit. Observà llargament el rostre de l'Òscar. *L'envàs no està malament* —pensà—. *És força alt per tenir tretze anys i té unes faccions prou agradables. Dos anys no són tanta diferència com això i l'important és que m'estima... És clar que si em torna a ficar en un embolic com aquest, sóc capaç d'escanyar-lo.*

S'ho va rumiar una estona, i va alçar el llençol per contemplar amb curiositat i sense presses la resta de l'embolcall del seu amic. Per fi va dir, en veu alta, somrient:

—Em sembla que me'l quedo. Que me l'emboliquin per regal.

17

La derrota

Havien passat dues hores llargues. Mentrestant, la Cristina s'havia presentat als metges i a les infermeres que havien anat passant periòdicament per la cambra com una amiga de la família i que si naps i que si cols. Havia fet desaparèixer discretament la sonda de l'orina i havia tornat a col·locar el sèrum al braç de l'Òscar amb un esparadrap, però sense clavar-li l'agulla. De moment, ningú no se n'havia adonat, malgrat la seva poca traça, però allò era temptar la sort.

Ja s'havia fet fosc, però no havia encès el llum de la cambra. Començava a posar-se nerviosa.

Per fi, la silueta d'en Carles Carbonell va dibuixar-se a la porta oberta de l'habitació, contra la llum del passadís. La Cristina va córrer cap a ell. L'Òscar la va abraçar amb uns braços que la repugnaven, però no va gosar protestar.

—I doncs?

—Tot està resolt. Agafa aquesta clau: és la de l'apartat de correus número 1123. Recorda bé aquest número. Ara hauríem de tenir una conversa amb el teu pare. Va treure's de la butxaca un feix de papers i els va posar sota el matalàs del llit, on romania el seu cos original. Després, va tancar els ulls.

Un moment després, el senyor Carbonell obria les parpelles i es mirava la Cristina amb rostre incrèdul.

—Cristina? Què ha passat? M'he desmaiat? Tinc un mal de cap terrible.

L'Òscar s'havia alçat de nou del llit i tornava a vestir-se mentre parlava:

—Senyor Carbonell, ha estat a punt de cometre una bestiesa.

—Amb tu no parlo, marrec. On són els meus homes?

—Els ha enviat a casa, no se'n recorda?

—I és clar que no! Per què hauria fet una cosa així?

—No ho sé pas. El fet és que no hi són. Aquí només hi som nosaltres tres. Per què serà?

—Em trobo molt malament. Em sembla que tinc ganes de vomitar...

L'Òscar no va fer cas de la interrupció i va continuar:

—I els dos policies s'han endut en Johnny a comissaria. Se l'han endut una mica malmès, però viu. Seguint les seves ordres. I tot seguit, detindran els seus tres companys. També vius.

—Qui ets, tu? —en Carbonell se sentia com una mosca al bell mig d'una teranyina.

—Això no té cap importància. Diguem que sóc algú que sap certes coses i que en posseeix d'altres. Per exemple, tinc en un lloc segur uns papers molt comprometedors amb els quals se'l pot acusar de corrupció política i d'estafa, entre altres coses poden acabar amb la seva carrera i fins i tot durlo entre reixes.

—Saps que això no és possible.

Per tota resposta, l'Òscar va treure de sota el matalàs els papers que hi havia posat abans de canviar de cos, uns documents relacionats amb el finançament del partit polític d'en Carbonell, i els hi va refregar pels nassos. En Carbonell va empal·lidir primer, va envermellir després i, per una vegada, va perdre els nervis.

—D'on has tret tot això? D'on ho has tret? —va dir cridant.

—De la caixa forta del seu despatx. No té combinació. S'obre amb dues petites claus d'or. Una la duu penjada al pit i l'altra lligada a una cadeneta al turmell dret. ¿M'equivoco?

—Com me les has pogut prendre? —en Carbonell es va palpar immediatament el pit.

—No les hi he pres. No veu que les porta a sobre? És vostè qui ha anat a casa seva i ha obert la caixa forta. Vostè qui ha amagat tota la documentació en un lloc segur. Un lloc d'on no es mourà a menys que em passi res, un accident o alguna cosa per l'estil. En aquest cas, la seva filla la farà arribar a la premsa.

—La clau. El número de l'apartat de correus. Ara ho entenc! —va exclamar la Cristina.

—Què vols de mi? —en Carbonell estava enfonsat, per primer cop en tota la seva existència.

—Vostè és un miserable, un lladre, un assassí. Però jo no

sóc cap justicier. Penso que suportar-se vostè mateix la resta de la seva vida ja és un càstig prou horrible. Només vull que ens deixi en pau, que em deixi en pau a mi i que deixi en pau la Cristina. Ella vol viure lluny de vostè, i té dret a fer-ho.

—És menor d'edat! —va protestar en Carbonell.

—Sí, és menor d'edat. Vostè podria obligar-la a tornar a casa, però no ho farà. Perquè el tenim ben collat. Oi que ho entén? Au, anem.

—Cristina, escolta'm, no em pots deixar! Tot el que he fet ho he fet per tu... —l'home va intentar agafar pel braç la noia quan passava pel seu costat.

Ella se'n desféu amb un moviment brusc.

—Adéu, pare. Adéu per sempre.

A la cambra 213 quedava sols un llit buit, un home sol i derrotat i uns quants glops de penombra que anaven guanyant terreny.

EPÍLEG

La Cristina només tenia quinze anys i no podia ser empresonada. A més, la seva confessió espontània i el penediment demostrat van ser considerats com a atenuants. Va ser castigada a una multa —que el senyor Carbonell pagà religiosament— i va evitar l'internament a canvi de realitzar un temps de serveis a la comunitat. Aquí va intervenir la Zina: se l'enduu amb ella a Tarragona cada cap de setmana i l'està preparant com a infermera. Sembla que aprèn de pressa. Se sent útil i sembla feliç.

La Zina, queda clar, continua ajudant els homes que les administracions tracten com a números o com a deixalles. La seva feina és un simple granet de sorra, però sense granets de sorra no existirien les platges, oi? Amb la Cristina, a més, ha aconseguit una bona ajudant. Està convençuda que, quan acabi el període de servei obligatori, continuarà amb ella i podran dur a terme una bona feina.

Als membres de la colla d'en Goebbels els van caure dos anys de presó, menys a en Videla —es va demostrar que ell fou l'autor material del crim—, que va ser condemnat a dotze anys. En Johnny continuava sense entendre res, sobretot quan els seus companys l'atonyinaven a consciència —a la presó bé cal passar l'estona— tot parlant-li d'una nit que no aconseguia recordar. Afortunadament per a ell, el recurs del seu advocat, basat en una hipotètica amnèsia transitòria, va prosperar, i tres mesos després ja era al carrer. Continua passant les tardes al Macaco, omplint-se la panxa de cervesa, sol, avorrit i estúpid.

Els pares de l'Òscar van estar molt contents de retrobar el seu fill sa i estalvi. La seva germana també, durant les primeres hores. La nit del diumenge, però, ja començava a desitjar que tornés a quedar en estat catatònic.

En Pau Piferrer va rebre un dia la visita de la Cristina. Va obrir la porta, li preguntà què volia i per tota resposta va rebre un cop de puny al nas que el va fer caure de cul a terra. Després, ha continuat traient bones notes, però s'espanta cada cop que sent el timbre del telèfon i sempre que truquen al pis fa que sigui la mare qui obri la porta.

Els dos policies van continuar omplint-se il·legalment les butxaques i caminant per la corda fluixa. El més probable és que un dia no gaire llunyà facin un moviment poc meditat i acabin tancats a la mateixa gàbia on han enviat tanta i tanta gent al llarg de tots aquests anys.

El senyor Carbonell va seguir fent diners. El senyor Carbonell va continuar acumulant poder. El senyor Carbonell envelleix envoltat de gent que l'adula, que intriga així que es gira d'esquena, que espera que arribi la seva inevitable decadència per llançar-se com voltors damunt de les seves restes. De vegades, quan està ben sol, mira una foto de la Cristina, que té amagada al calaix del seu despatx, i li rellisquen dues llàgrimes galta avall.

I l'Òscar? L'Òscar va aconseguir que la Cristina se l'estimés, tot i que durant força temps no es van poder veure gaire sovint. *Millor així!* —pensava—. *D'aquesta manera no ens cansarem l'un de l'altre.* Pel que fa a l'institut, hi va tornar dilluns mateix, després de dormir a l'enyorat llit de casa seva durant gairebé tot el diumenge. Quan no dormia, fitava el sostre i pensava en la seva habilitat mental i en tots els maldecaps que li havia portat. *Mai més! Mai més no tornaré a fer servir aquest coi de poder!* —es deia—. *Me n'oblidaré fins que quedi atrofiat. Que em caigui un llamp al damunt si mai torno a tenir la temptació d'*okupar *el cervell d'algú, sigui qui sigui!*

La primera classe de dilluns era la d'anglès. Thomas Keats, professor d'anglès, fill de Bristol, acabava d'escriure a la pissarra una frase llarga i complicada, plena de verbs irregulars —aquells monstres repugnants de potes viscoses i peludes. L'Òscar hauria hagut de revisar els verbs el dia abans, però estava tan cansat que no havia tingut esma de posar-s'hi. A més, hauria estat massa casualitat que el professor li demanés precisament a ell de sortir a la pissarra. Era d'allò més improbable. Era, de fet, quasi impos...

—Òscar, ¿voldries fer el favor de sortir a la pissarra, *please*, i passar aquestes oracions de present a passat?

L'endemà, el senyor Keats s'havia tancat a la sala de professors a les onze del matí, després de la segona classe, amb el seu habitual posat despistat i alhora elegant. Cinc minuts després, obria la porta i tornava a sortir-ne. Era el senyor Keats, però al mateix temps semblava una altra persona. Duia la camisa sense cordar i la corbata lligada al voltant del cap. I exhibia un insòlit somriure d'orella a orella.

Si després d'haver llegit aquesta obra
voleu fer-nos arribar la vostra opinió,
ho podeu fer cercant al web de l'editorial
la fitxa del llibre i clicant al damunt de:
opinions del llibre.

www.barcanova.cat

Altres títols d'aquesta col·lecció

El secreter de Nacre, de Guillem Rosselló

Mitjançant les aventures d'una dama misteriosa, d'un noble, d'un arxiver i d'un taberner amb un nebot, *El secreter de nacre* ens vol demostrar que el món que hi ha amagat dins el cor de cada persona és molt més gran i emocionant del que poguem sospitar. Una novel·la d'intrigues en el si d'una família mallorquina que transcorre a cavall de finals del segle XIX i començaments del XX.

El sensenom. La revolta d'en Bernat Prats, d'Enric Larreula

Segon llibre de la història d'en Bernat Prats

En aquesta novel·la viurem el desenllaç de la revenja d'en Bernat Prats contra els que van robar el tresor del call de Girona. El protagonista serà testimoni de la revolta dels moriscos a Granada, del tracte que rebien els indis de l'Amèrica Central per part de l'església espanyola i acabarà lluitant contra el poderós exercit castellà de Flandes, on arribarà per tornar als jueus catalans el que és seu.

Kenitra, de Maria Mercè Roca

Un noi de Girona, que fa quart d'ESO, viu amb la mare i l'àvia des que el pare va marxar de casa, fa deu anys. La mort de l'àvia desencadena en ell el desig irrefrenable de conèixer el seu pare, que ara viu a la ciutat marroquina de Kenitra. L'atzar li permet viatjar fins allà, com ajudant de cuina, en un vaixell de càrrega. El retrobament del pare i la constatació que no és més que un home desconcertat, el portaran a la reflexió sobre la culpa, la responsabilitat, el perdó i la llibertat per decidir.

El manuscrit de les bèsties, de Jordi Folck

«Si sou d'aquells que creieu només en allò que sou capaç de veure o de tocar, si menyspreeu les lleis del que és sobrenatural –i no em refereixo a vanes històries de fantasmes o d'esperits–, si no accepteu el fet que la maldat de l'home el faci prodigar-se en les seves maquinacions, aleshores no em llegiu.» Dos germans orfes, l'Alfons i l'Esther Dondridge, ingressen a l'estricta escola de Saint Mary d'Ely (Anglaterra). La desaparició sobtada d'alguns dels alumnes portarà els germans a una successió de descobertes paoroses escrites amb la sang dels innocents, en un mortal joc de falses aparences.

Nit de sang, de Santi Baró

Poc abans de l'esclat del Corpus de Sang, l'any 1640, al jove Pau Català les tropes reials li han arrabassat tot el que tenia i li han matat la família. Es trasllada a Barcelona, i a la ciutat coneix alguns homes importants de la política catalana del moment, la dama més bella del món..., i un personatge misteriós. Amb tots aquests ingredients, en Pau participa en una aventura fascinant al servei de la Generalitat.

Palestina, simfonia de la Terra, d'Anna Tortajada

El llarg conflicte entre palestins i israelians és el teló de fons d'aquesta novel·la, que ofereix un bri d'esperança per a la superació de les diferències entre dos pobles que han de compartir territori i moltes vicisituds. Amb pinzellades sobre la secular història d'aquest territori, l'autora ens ajuda a comprendre les arrels profundes del conflicte.

La transformació. La història d'en Bernat Prats, d'Enric Larreula

Primer llibre de la història d'en Bernat Prats

El Bernat Prats d'aquest llibre és un personatge inventat, però que hauria pogut existir en la trasbalsada Catalunya del s.XVI. Testimoni de primer rengle, presencià l'accelerada decadència política, econòmica i cultural de les terres catalanes, la pèrdua dels mercats mediterranis, el fustigament constant dels pirates barbarescos i turcs, el dramàtic fenòmen del bandolerisme, les inacabables guerres europees... Recollit, educat i "transformat" per un savi català que viu a Sicília, en Bernat acaba lluitant contra la Santa Inquisició i contra el mateix rei de l'imperi més extens que ha existit mai.

El tresor del maquis, de Joan Constans i Aubert

Fa poc que ha acabat la segona guerra mundial. El règim del general Franco es consolida a Espanya gràcies a la connivència de les potències guanyadores. La lluita dels pocs combatents antifranquistes que encara es resisteixen a declarar-se vençuts, els maquis, està a les acaballes a les muntanyes i els boscos del nostre país. En aquest context, un grup de nois s'assabenta, per boca d'un moribund, que hi ha un tresor amagat a les coves de l'Alta Garrotxa, suposadament abandonat pels vençuts a la guerra civil quan marxaven camí de França. En el mateix paisatge on es desenvolupa la narració, la presència del maquis és constant, tot i que no sempre es deixa veure. Una història d'heroisme i traïcions, de pors i esperances, en un microcosmos que vol ser la imatge de la societat catalana de postguerra.

Les flors salvatges, de Montserrat Canela

Encara és negra nit quan el Seán Collins baixa a la platja amb la gent del seu poble de pescadors per ajudar el Tim O'Farrell a recuperar un carragament d'armes que un vaixell ha llençat a l'oceà. Som a la costa sud-oest d'Irlanda l'any 1916, i mentre Anglaterra i Alemanya s'enfronten a les trinxeres d'Europa, un grup de rebels irlandesos, al qual pertany el Tim, prepara un aixecament contra tota esperança per posar fi a segles de domini anglès sobre l'illa.

I la mort em parlava, de Noemi Bagés

Tot just acabades de traslladar a Tarragona, la doctora Olga Puig i la Txell, la seva filla de disset anys, mantenen una relació difícil i tensa. La trucada a l'Olga Puig d'un notari de Buenos Aires, que la cita per a la lectura de les últimes voluntats del senyor Carlos Camacho Villa, fa que la relació entre mare i filla es faci encara més insuportable. El difícil encaix de la Txell a la nova escola es veu alleujat, però, per la presència d'un noi compromès en la lluita per la justícia social, amb el qual estableix una relació d'amistat. Aquesta relació farà que el pare del xicot i la mare de la Txell acabin trobant-se en situacions molt diverses. Amb tot, el rerefons del misteriós testament i l'aparició d'una violenta banda de narcotraficants, complicarà en extrem la vida de l'Olga i la Txell.

El temps de les paraules en veu baixa, d'Anne-Lise Grobéty

L'Oskar i el protagonista d'aquesta història són molt bons companys, i també ho són els seus pares, amants de la poesia, units per una amistat profunda i autèntica. De sobte, però, tot trontolla i la situació es capgira... El món que els envolta queda trasbalsat després de l'accés al poder d'Adolf Hitler. Aquesta nova realitat toca de molt a prop les dues famílies amigues i les circumstàncies obliguen una d'elles a marxar i intentar buscar refugi en algun indret més segur. Aquest llibre, ple de lirisme i d'una gran sensibilitat, és una formidable lliçó de solidaritat, i demostra que l'amistat, quan és autèntica, pot superar les proves més dures.

Nàufrag, de Joan de Déu Prats

Nàufrag ens parla del compromís dels éssers humans amb la natura i de la nostra responsabilitat envers les generacions futures, de l'arrelament, de l'orgull de pertànyer a una terra determinada i de tenir una identitat pròpia. És el que els passa als Sungkali, una tribu de l'illa de Sawu, al sud-oest asiàtic, que veu com li arrabassen la terra per utilitzar-la com a abocador. Un grup de joves sungkali decideix recuperar la dignitat per la força, actitud amb la qual no estan gaire d'acord ni el cap de la tribu, ni el fetiller. A tot això s'hi afegeix un nàufrag, que voldria ser acceptat pel grup de joves. Mentrestant, a l'altra banda del món, el vell Martorell i un jove estudiant observen meravellats una flor esplèndida: la *Phaleaenopsis lepidaria...*, coneguda com a anamba...

Jocs de lluna, de Xavier Vernetta

Novel·la que inclou dues històries que protagonitzen l'Albert Jofresa i en Jami Riera. En la primera història, la mala sort fa que una periodista, la Cuca Costa, filmi els dos amics mentre fugen, en veure que la policia desplega en el barri una espectacular operació contra uns traficants d'armes, i que siguin detinguts com a sospitosos de formar part de la banda. En la segona història, l'Albert, amb l'ajut de la Cuca –que ja és més que una amiga–, aconsegueix feina fent un programa de ràdio, *Jocs de lluna*. I és a través de'aquest programa de ràdio, que aconsegueixen descobrir una trama de delinqüents i fan possible la detenció de l'enignmàtic conductor del Jaguar blanc.